THOMAS KNÖLLER

Weil du groß bist

FUTTER FÜR DIE SEELE

Patmos Verlag

VERLAGSGRUPPE PATMOS

PATMOS
ESCHBACH
GRÜNEWALD
THORBECKE
SCHWABEN

Die Verlagsgruppe
mit Sinn für das Leben

Bildnachweis
S. 6: © as_seen / photocase.de, S. 16/17: © sebastianosecondi / iStock, S. 27: © knallgrün / photocase.de, S. 40: © RapidEye / iStock, S. 51: © suze / photocase.de, S. 62: © HerrSpecht / photocase.de, S. 79: © kallejipp / photocase.de, S. 86/87: © visualspace / iStock

Textnachweis
S. 37: © Tillmann Prüfer: „Ich hatte einen Ahn in Afrika“, ZEIT Magazin #24/2015. S. 42: Hilde Domin, Es gibt dich. Aus: dies., Gesammelte Gedichte. © S. Fischer Verlag GmbH, Frankfurt am Main 1987. S. 68: © Detlef Wendler. S. 78: Oriah Mountain Dreamer, Die Einladung © 2000 Arkana Verlag, München, in der Verlagsgruppe Random House GmbH. Übersetzung: Ulla Rahn-Huber. S. 91: © Debora Reichmuth-Merz.

FSC
www.fsc.org
MIX
Papier aus verantwortungsvollen Quellen
FSC® C083411

Für die Schwabenverlag AG ist Nachhaltigkeit ein wichtiger Maßstab ihres Handelns. Wir achten daher auf den Einsatz umweltschonender Ressourcen und Materialien.

www.patmos.de

Umschlaggestaltung: Finken & Bumiller, Stuttgart
Umschlagabbildung: ALEAIMAGE / iStock
Gestaltung, Satz und Repro: Schwabenverlag AG, Ostfildern
Druck: CPI books GmbH, Leck
Hergestellt in Deutschland
ISBN 978-3-8436-0893-0

Inhalt

FUTTER FÜR DIE SEELE

„Bub, iss was!“ – keine Ahnung, wie oft ich den Satz von Oma und Opa gehört habe. „Iss was, damit du groß und stark wirst!“ – So ging der Satz in der Regel weiter und wirkt bis heute nach. Dieser Satz ist so einfach wie wahr: Ohne Nahrung kann der Körper nichts bewegen. Nur durch etwas zu futtern geht es voran. Jetzt kommt es nur darauf an, dass wir auch das Richtige essen. Die meisten Väter und Mütter dieser Welt haben in dieser Frage regelmäßig Meinungsverschiedenheiten mit ihrem Nachwuchs.

Ich bin da keine Ausnahme. Niemand wird also bestreiten, dass groß und stark zu werden besser ist als breit und träge. Ich selbst liebe Süßes, Limo, Pizza, Burger, Pommes ..., aber zu viel davon macht nicht nur breit und träge, sondern auch krank. Und was wäre, wenn es mit der Seele so ist, wie mit dem Körper? Wie wird die Seele groß und stark? Ein allwissender Ernährungsratgeber für die Seele ist dieses Buch sicher nicht, aber ich lebe und schreibe in der festen Überzeugung, dass uns unsere Gedanken prägen. Sie tragen dazu bei, wer wir sind. Und aus diesem Grund ist das Futter für das, was wir denken, sogar noch wichtiger als unsere Gedanken selbst. Jeder Coach weiß das, jeder Therapeut auch. Und Religionen wissen das schon ewig. Darum ist es auch nicht so wichtig, ob man in der Küche des Lebens mit einem göttlichen Chefkoch unterwegs oder eher sinnlicher Autodidakt ist. Wichtig ist: Auf die seelische Ernährung gilt es gut zu achten.

Angeblich ist Religion die kürzeste Definition für Unterbrechung. Mir gefällt das, denn Gott ist auch nicht immer nett, sondern stört das Leben regelmäßig. Stört, bringt aus dem Takt, kurz: Er unterbricht immer wieder.

Mir selbst hat dieser eigenwillige göttliche Chefkoch und das, was ich erlebt habe, ordentlich Feuer unterm Seelenhintern gemacht: Alltag, Liebe, Krankheit, Tod, Ausbildung und Arbeit. Alles, was ich vor und in den vergangenen Jahren erlebt habe, ist in die Texte geflossen, die zwischen 2011 und 2016 bei DasDing im Südwestrundfunk (SWR) auf Sendung gegangen sind. Dort, wo die Ereignisse dieser Zeit den Beiträgen ihren Stempel aufgedrückt haben, ist darum auch das Entstehungsjahr angegeben. *Kreuz&Quer* heißen diese kleinen Unterbrechungen, die täglich im Programm von DasDing nach wie vor den Sende-Flow aus guter Laune liebevoll ‚stören' und eine Schippe tiefer graben. Wenn man sie spricht, ist kein Text länger als 80 Sekunden. Heute heißt es nicht mehr in 80 Tagen um die Welt, sondern in 80 Sekunden in die Seele – und wieder zurück. Es ist ein spannender Ritt und ich möchte euch darum mit den folgenden Gedanken und Texten ebenfalls gerne einmal am Tag stören und immer dann unterbrechen, wenn die Routine des Alltags Kreativität und Lebendigkeit zu ersticken droht.

Viel Spaß und guten Appetit!

Thomas Knöller

ARBEIT.
YOU DECIDE?
FERNSEHER
SCHLAFEN.
&
MORGEN
DER SCHEIS
VON VORNE

AM 8. TAG SCHUF GOTT DEN ALLTAG

Ohne den Alltag wäre alles leichter: Ich müsste mir an Silvester nur einen klugen Vorsatz ausdenken und schon wäre alles besser. Meistens überlebt der gute Vorsatz aber nicht einmal den Januar. Wenn der Alltag kommt, reicht es nicht, eine nette Idee gehabt zu haben. Wenn der Alltag kommt, muss ich manchmal einfach nur durchhalten, denn zweimal pro Woche in aller Herrgottsfrühe die Joggingschuhe anzuziehen, macht spätestens ab November keinen Spaß mehr. Richtig Freude macht dafür dann das geniale Gefühl, dass ich mich überwunden und mir selbst einen Erfolg abgetrotzt habe. Ich glaube auch, dass man dem grauen Alltag ganz viele verschiedene Farben und Gerüche abtrotzen kann. Auf den zweiten Blick gibt es so viel Kurioses zu entdecken – wenn man die Zeit und das Auge hat, hinzusehen. Manchmal glaube ich sogar, dass Gott in den bunten Nischen des grauen Alltags Verstecken mit uns spielt …

Streik

Streik – ich steh am Bahnhof und nix geht mehr. Alle Pläne für die Katz!

Und heute geht schon wieder nix mehr – aber nicht, weil bei der Bahn jemand streikt, sondern weil in mir drin nix mehr geht. Ich kann nicht mehr. Schon beim Aufstehen hab ich das Gefühl, als würden mir meine Sorgen zentnerschwer an den Beinen hängen. Dabei sollte ich doch schon längst am Schreibtisch sitzen, wenn ich mit allem fertig werden will, was ich noch machen muss. Aufgaben, Abgaben, Fristen, Termine, Freunde, Hobbys – ich will alles gut machen und schaff es nicht. Und die Kraft, dass ich noch ein bisschen mehr arbeite und dass ich alles noch ein bisschen schneller erledige, die hab ich nicht mehr.

Was ich habe, das sind viele liebe Menschen um mich herum, die zu mir sagen: „Thommi, mach ruhig weniger – Hauptsache, du bist glücklich." Schön wär's! Wenn ich nur machen würde, was mich glücklich macht, dann würde mein Leben anders aussehen. Dann würd ich nämlich ... Also dann würd ich auf jeden ... Ja, was eigentlich?

In so einem Augenblick stelle ich mir vor, wie Gott mich dann rotzfrech angrinst und zu mir sagt: „Tja, lieber Thomas, geh heim und denk über dein Leben nach! Aber dann komm wieder und sag mir, was du wirklich willst. Hauptsache, du bist glücklich."

Wohin

„Sie haben Ihr Ziel erreicht.“ – Ich liebe mein Navi und würde es um keinen Preis hergeben wollen. Ziemlich oft schon wäre ich unterwegs im Auto ohne mein Navigationsgerät ziemlich aufgeschmissen gewesen. Dabei weiß mein Navi eigentlich nur zwei Dinge: Wo ich gerade bin und das Ziel, zu dem ich fahre.

Wenn ich aber nicht im Auto, sondern in meinem Leben unterwegs bin und dort die Orientierung verloren habe, dann weiß mein Navi scheinbar mehr als ich.

Dabei brauche ich, genau genommen, für mein Leben auch nicht mehr Informationen als mein Navi für die Straße, nämlich:

Wo bin ich gerade?
Und wo will ich hin?

Wo ich gerade bin, weiß das Navi von alleine. Wo ich hinwill, muss ich eintippen, damit es mir den Weg zeigen kann. Nur: Wo tippe ich das Ziel ein, wenn es um meine Zukunft geht?

Ich habe angefangen, meine Wünsche in mein Herz einzugeben und manchmal höre ich sogar diese berühmte innere Stimme, die dann sagt:

„Sie haben Ihr Ziel erreicht.“

Mehr

Seit der 2016er Staffel von „Sing meinen Song – Das Tauschkonzert“ und dem neuen Album beschäftige ich mich anders mit Samy Deluxe als früher.

Zum Beispiel das Lied „Haus am Mehr“: Da geht es nicht um Strand und Meer, sondern um die Sehnsucht danach, mehr zu bekommen, als man hat. Samy Deluxe hätte gerne „mehr Zeit, mehr Glück, mehr Liebe, mehr Fans, Fame [und] Ziele“. Ich würde mich auch schon über mehr Schlaf und ein wenig mehr Kohle auf dem Girokonto freuen.

Und dann kommt die Religion und sagt: Gib etwas ab und teil mit anderen. Und der nächste Glückskeks im China-Restaurant legt noch eins drauf und sagt: „Weniger ist mehr“. – Ernsthaft?

Manchmal habe ich Angst, dass der Glückskeks recht hat. Wenn ich erst dann glücklich bin, sobald ich das bekommen habe, was mir gerade fehlt, werde ich das Glück nie erreichen; irgendwas fehlt immer. Erst wenn ich zufrieden sein kann mit dem, was ich habe, bekomme ich eine Ahnung davon, was Freude und Glück wirklich bedeuten. Und dann bekomme ich noch etwas anderes. Samy Deluxe würde sagen: „mehr Platz, Mut, Freude, mehr Schlaf, Ruhe [und] mehr Träume.“ Vielleicht bedeutet das einfach: Wenn ich morgens in den Spiegel blicke und ich mich freuen kann, dass ich mich sehe, und vielleicht sogar lieben kann, was ich da im Spiegel sehe, dann bin ich wahrscheinlich schon auf einem verdammt guten Weg.

Suche

Viele suchen nach dem, was sie nicht haben. Wenige suchen nach dem, was sie haben. – Stimmt dieser Satz?

Ich kann sagen: bei mir auf jeden Fall. Ich brauche nur in die Stadt zum Einkaufen fahren und spätestens dann, wenn ich im ersten Geschäft stehe, weiß ich, was ich alles nicht habe. Und es reicht ja schon eine einzige fiese Sache, die ich dann unbedingt haben möchte. Darum hat mich dieses Zitat auch so verblüfft.

Ich habe mich bisher noch nie hingesetzt und mir ganz bewusst alles angesehen, was ich habe. Und ich habe echt nicht wenig. Das habe ich schnell überblickt. Dann habe ich aber noch einmal genauer hingesehen und etwas entdeckt, was ganz anders ist als meine Klamotten, mein Laptop und mein Smartphone. Ich konnte sehen, wie viele Eigenschaften und Fähigkeiten ich habe.

Seitdem schaue ich mir meine Stärken öfter einmal an und tanke daraus Kraft und Selbstvertrauen. Und du? Welche Eigenschaften und Fähigkeiten hast du? Wenn du es nicht weißt, dann nimm dir die Zeit und find es heraus. Sie sind da!

Gönn dir

Neulich hat ein Freund von mir gepostet: „Mein Girokonto hat den Monat für beendet erklärt", und ich habe ordentlich grinsen müssen, weil ich es kenne: Das Konto ist leer, aber der Monat ist noch nicht zu Ende.

Es ist ja eine ganz simple Rechnung: Wenn meine Ausgaben höher sind als das, was ich einnehme, dann ist es auch kein Wunder, dass mir das Geld ausgeht. Und diese verdammte Rechnung gilt für fast alles im Leben: Damit ich nicht nur genug Geld auf dem Konto, sondern auch genug Energie in den Knochen habe, muss meine Gesamtbilanz stimmen: Ich brauche genug Schlaf, genug zu essen, genug spannende Aufgaben, genug Zeit für mich, genug gute Freunde und genug Liebe. Habe ich das alles nicht, geht's mir wie meinem Girokonto: Dann bin ich leer, noch bevor die Zeit um ist, und ich kann darauf wetten, dass was ganz Wichtiges in mir zu kurz kommt.

Und wenn sogar Gott bei der Erschaffung der Welt einen Tag Pause gebraucht hat, dann brauche ich auch mindestens einen pro Woche. Ich denke, Gott würde einfach sagen: „Gönn dir!"

Letzte Minute

Mir fällt es verdammt schwer, pünktlich zu sein. Auch bei Hausaufgaben, Lernen auf Klausuren oder bei Projekten bin ich kurz vor Schluss immer megamäßig im Stress. Ich musste so lachen, als ich den folgenden Satz gehört hab: „Würde es die letzte Minute nicht geben, würde nie etwas fertig werden."

Definitiv! Was würde ich dafür geben, einmal früher fertig zu sein und keinen Stress schieben zu müssen ...

Darum ist Gott für mich der Chiller vor dem Herrn: Er haut in einer Woche die ganze Schöpfung raus und hat am Ende sogar noch einen ganzen Tag Zeit, um einfach gar nix zu machen. Respekt! Ich habe mir darum für die kommende Woche ein lustiges Ziel gesetzt: Ich will so handeln wie Gott und auch mal einen Tag früher mit meinen Aufgaben fertig sein, denn anscheinend hat auch Gott eine große Vorliebe fürs Relaxen.

(Sich) Sammeln

Immer wieder nehme ich mir vor: Ab heute wird alles anders: mehr Sport, früher ins Bett, mehr Lesen, weniger Pokémon Go, ... Und was passiert? Nichts. Alles bleibt beim Alten. Wahrscheinlich, weil ich immer alles auf einmal stemmen will. Dabei ist weniger echt mehr.

Bei einem französischen Priester – Charles de Foucauld – habe ich einen witzigen Satz gelesen: „Wenn Sie aufgrund von inneren oder von äußeren Hindernissen Mühe haben, sich für eine längere Zeit innerlich zu sammeln, dann sammeln Sie sich häufiger für kurze Zeit."

Ich musste so lachen, nachdem ich das gelesen hatte! Ich glaub, ich konnte es einfach nicht fassen, dass die Lösung womöglich so einfach ist: Wenn alles auf einmal nicht geht, dann mach ich halt weniger. Und wenn ich öfter weniger mache, dann passt das am Ende auch.

Ich finde diesen Gedanken immer noch grandios. Und auch heilsam. Weil es mich mehr stresst, als ich sagen kann, dass ich 24 Stunden am Stück arbeiten könnte und immer noch nicht alles erledigt ist. Aber: Ich kann und ich muss es nicht auf einen Schlag schaffen. Weder meine eigenen Aufgaben noch den Weltfrieden. Nur wenig soll ich tun. Und das Wenige, dann sooft ich kann.

80 Sekunden

Stell dir vor, dir stehen einmal am Tag 80 Sekunden zur Verfügung, die völlig frei sind. Was würdest du mit den knapp eineinhalb freien Minuten machen?

Du hältst vielleicht dagegen: „Was kann ich in 80 Sekunden überhaupt schaffen? Das ist doch viel zu wenig!"

„Auf den zweiten Blick einiges", würde ich dir dann antworten: „Ich könnte dich zum Beispiel schlagen, beleidigen, dir etwas erzählen, an das du dich schon nach zwei Sekunden nicht mehr erinnerst; dich anschreien, ignorieren oder einfach zur Seite schubsen."

Und dann? Dann biete ich dir eine Alternative.

„Ich könnte dir zum Beispiel aufhelfen, dich seit Langem um Verzeihung bitten, dir etwas erzählen, das dich fesselt, mit dir lachen, dich ansehen und fragen, ob du einfach mitkommen willst."

Stell dir vor, du hast einmal am Tag 80 Sekunden, die völlig frei sind.

STR

STRESS MICH NICHT!

Eigentlich könnte ich besser aussehen. Ich könnte auch mehr arbeiten, mehr Geld verdienen, mehr Leute kennenlernen oder mehr Sport machen. Ich könnte mich auch gesünder ernähren oder wieder mal ein Buch lesen. Aber: Ich kann gerade einfach nicht. Oder deutlicher: Ich will gerade einfach nicht. Ich will im Augenblick einfach nur meine Ruhe. Ich brauche Zeit für mich, um zu kapieren, was gerade bei mir und in meinem Leben los ist. Vielleicht ist das egoistisch, aber vielleicht muss ich mich dringend darum kümmern, dass ich wieder in die Spur komme – dass ich zurück ins Leben finde.

Mein Leben ist ein Arschloch

„Mein Leben ist nicht cool, mein Leben ist ein Arschloch.“

Ich fahre gerade nach Hause und im Radio läuft Kraftklub. Ich denke mir: Ja, stimmt definitiv, nix klappt! Mein Chef nervt, und ich bin wieder mit allem zu spät dran. Warum kann es nicht einfach so laufen, wie ich will?! Ich schimpfe so vor mich hin und denke an die vergangene Woche.

Letzte Woche war ich noch in Kairo. Eine Stadt, in der vor gut einem Jahr bei heftigen Demonstrationen Menschen gestorben sind. Dort habe ich Unglaubliches gesehen: viele Menschen, Lärm, Gewusel, blinkende Lichter, einen wilden Mix aus Gerüchen und mitten in der Stadt Soldaten und Panzer. Das war eine eigenartige und auch bedrohliche Atmosphäre.

Zu Hause in meinem eigenen Leben gibt es viel weniger Lärm als in Kairo und definitiv weniger Panzer. – Ja, ich habe immer noch Sorgen und Probleme. Aber das, was ich in Kairo erlebt habe, hat meine eigenen Probleme deutlich kleiner werden lassen. Niemand bedroht mich und mein Leben. Was ich seitdem richtig schätze, ist meine Freiheit. Und die lasse ich mir von meinen Problemen nicht mehr nehmen. (10-2014)

Unterbrechung

Eigentlich will ich nur schnell etwas erledigen und gehe zu den Kollegen ins Nebengebäude. Im Flur hängt ein Kalender mit netten kleinen Weisheiten, an dem ich schon x-mal vorbeigegangen bin. Im Vorbeigehen lese ich aus den Augenwinkeln die Frage auf dem Kalenderblatt:

Was ist die kürzeste Definition von Religion?

Als hätte ich nichts anderes zu tun, als den ganzen Tag darüber nachzudenken; ich habe mehr als genug zu tun und muss in fünf Minuten wieder an meinem Schreibtisch sitzen. Ich will weitergehen, aber meine Füße bleiben wie von selbst stehen. Jetzt will ich doch wissen, was die Antwort ist. Und als Antwort steht da: „Unterbrechung". Die kürzeste Definition von Religion ist Unterbrechung? Ich bin irritiert und voll aus dem Rhythmus. Ich weiß schon gar nicht mehr, was ich eigentlich gerade erledigen wollte. Ich bin aus dem Rhythmus und ich bin auch: aus dem Stress! Es kommt mir vor, als hätte jemand mein Hamsterrad für einen Moment angehalten.

Abstieg

Ich liebe Fußball. Und ich komme aus Stuttgart. Das heißt, im Augenblick reicht ein Blick auf die Bundesligatabelle und ich leide. Seit ich denken kann, spielt mein Lieblingsverein in der Ersten Liga und jetzt droht der Abstieg. Davor habe ich Angst; und das, obwohl es eigentlich nur um Fußball geht.

Im Leben gibt es noch ganz andere und vermutlich deutlich härtere Abstiege. Bei mir war es eine schwere Krankheit. Von da an habe ich nicht mehr in der ersten Liga des Lebens gespielt. Es war ein Gefühl, als würde ich den anderen bei einem Leben zuschauen, das ich früher einmal selbst hatte.

Durch das, was ich in dieser Zeit erlebt habe, ist in meiner Seele einiges anders geworden. Ich glaube, ich bin durch die Zeit, in der ich krank war, härter geworden. Zweikämpfe mit mir sind seitdem kein Zuckerschlecken. Ich glaube aber auch, dass ich durch den Abstieg aus der ersten Lebensliga gelassener und lustiger geworden bin.

Ich werde den Abstieg durch die Krankheit nie gut finden und trotzdem habe ich dadurch auch gewonnen. Das ist schon eigenartig; vielleicht sogar magisch. Und wahrscheinlich etwas, das zum Leben dazugehört. (05-2015)

Gewinnertypen

„Live, laut, lässig“ – der Radiosender DasDing ist es, und ich wäre es manchmal auch gern. Sonnenbrille auf und im Partymodus von einem Festival zum nächsten ziehen: So machen das Gewinner. Der einzige Fehler: Mein Körper sieht mehr nach Waschbär aus als nach Waschbrett, und das Geld für einen sorgenfreien Sommer habe ich auch schon ausgegeben. Ich befürchte, Gewinner sehen anders aus.

In einem Lied von Moop Mama habe ich gestern eine starke Textzeile entdeckt. Dort heißt es: „Gewinnertypen sind Typen, die beim Versagen versagen.“ Und es stimmt: Wer es nicht schafft, eine Niederlage mit Stil einzustecken, der ist auch kein Gewinner. Wenn ich auf mein Leben zurückschaue, dann haben mich meine Niederlagen immer mehr geprägt als meine Siege.

Beim Versagen Würde zu bewahren, gelassen zu bleiben und mit mehr Selbstvertrauen wieder aufzustehen: Das ist bitter, das kostet Kraft und es gibt nicht einmal eine Garantie dafür, dass es das letzte Mal war. Ich finde, wer das alles trotzdem in Kauf nimmt, der hat es so was von drauf.

Kasse 2

„Kasse 2 schließt jetzt – bitte nichts mehr auflegen."

So ein Scheiß! Ich hab es eilig und muss noch einkaufen. Zeit, mir einen Einkaufswagen zu holen, habe ich natürlich nicht mehr und jetzt steh ich da: Eine Megaschlange vor der Kasse und ich habe keine Ahnung, wann ich die Kontrolle über die Pyramide aus Müsli, Käse, Obst und Süßigkeiten auf meinen Armen verliere.

Meine Ungeduld wächst und ich merke, wie ich immer wütender werde, weil mein schöner Zeitplan nicht mehr funktioniert. Eigentlich werde ich immer wütend, wenn irgendetwas nicht so funktioniert, wie ich will. Dabei wäre es so einfach: Es müsste sich doch nur alles meinen Plänen unterordnen. Offensichtlich hat aber schon die Kasse beim Discounter keine Lust dazu. Mir fallen spontan auch ein Haufen Menschen ein, die vermutlich keinen Bock haben, sich mir unterzuordnen, und das Schicksal oder gar Gott haben vermutlich auch Besseres zu tun.

Tja, jetzt steh ich da und bin schon kurz davor, mich meinem Schicksal zu fügen, da sehe ich, dass da etwas Grünes blinkt, und ich höre eine freundliche Stimme, die sagt: „Liebe Kunden, wir öffnen Kasse 3 für Sie."

Ist das jetzt purer Zufall oder eine glückliche Fügung? An der Supermarktkasse ist diese Frage nicht wichtig. Aber wenn jemand wirklich in Not ist, dann wünsche ich ihm so eine „dritte Kasse", die sich unerwartet öffnet.

Fünf zu eins

5:1 – ausnahmsweise ist das mal kein Ergebnis aus der Bundesliga, sondern meint, dass ich fünf gute Worte sagen muss, um ein schlechtes aufzuwiegen. Das hat mir jemand erzählt, der mit Paaren zusammenarbeitet, die gerade in einer Krise stecken.

Mitten im Stress oder wenn ich angefressen bin, passiert es ganz schnell, dass mir ein schlechtes Wort herausrutscht. Heute Morgen, mitten im Gedrängel vor dem Bus, bin ich mit jemandem zusammengestoßen. Der fand es offensichtlich überhaupt nicht lässig und hat mir dann sehr leidenschaftlich gesagt: „Verpiss dich, du Affe!"

Zum Glück war ich einfach noch zu verpeilt, um darauf zu reagieren. Später im Bus ist mir dann wieder die Sache mit dem 5:1 eingefallen. Und der arme Kerl, mit dem ich zusammengestoßen bin, hätte ja dann sogar zehn gute Worte sagen müssen, um wieder auszugleichen; fünf gute Worte für „verpiss dich" und nochmal fünf für „du Affe".

Ich glaub zwar nicht, dass es genauso mathematisch exakt funktioniert, aber mir ist klar, dass ein Streit schwer wiegt und ein kurzes „Tschuldigung" oft zu wenig ist. Für eine Versöhnung muss ich mich ins Zeug legen: mindestens 5:1.

Nicht allein

Gestern Abend habe ich im Bett gelegen und mich allein gefühlt. Nicht einfach nur ein bisschen einsam, sondern richtig ALLEIN. Ich habe in mir eine Lücke bemerkt – eine Lücke, welche die Menschen hinterlassen haben, die ich geliebt habe und die gestorben sind. Mir ist wieder klar geworden: Sie kommen nie wieder.

Das tut weh.

Aus Reflex habe ich das Radio eingeschaltet. Ich habe Gänsehaut bekommen, denn die ersten Worte, die ich im Radio gehört habe, waren:

„*YOU'RE NOT ALONE*" – DU BIST NICHT ALLEIN.

Ich rede nicht lange drumherum: Für mich waren diese Worte eine Stimme aus dem Jenseits. Für mich waren das die Stimmen der Menschen, die ich vermisse und die mir sagen: Wir sind bei dir.

Ich weiß, dass es wahrscheinlich ein Zufall gewesen ist. Aber wer ist für diesen Zufall verantwortlich? Mein Herz wusste sofort, wer dafür verantwortlich ist. Und die nächsten Worte in dem Lied waren:

„*OPEN YOUR MIND*" – ÖFFNE DEINEN GEIST.

Fürchte dich nicht

Zu den Situationen, die ich überhaupt nicht mag, gehören Prüfungen: Klausuren, Abschlussprüfungen, Führerschein oder auch Bewerbungsgespräche. In der Schule, in der Ausbildung und später beim Arbeiten musste ich immer beweisen, dass ich gut bin, und wenn ich es vermassele, dann hat das Konsequenzen für mein Leben. Darum habe ich Angst davor, dass ich scheitere. Und diese Angst ist fies: Das, was ich vor einer Sekunde noch alles wunderbar wusste, ist plötzlich weg. Licht aus. Blackout.

Und wenn es im Kopf oder im Herz oder in der Seele vor lauter Angst schwarz geworden ist: Wer macht dann das Licht wieder an? Ich hab in meinem Leben schon unzählige Geschichten gehört, die motivieren und die Angst bekämpfen sollen. Geholfen haben mir aber nur drei Worte und ein Mensch, der mir dabei fest und klar in die Augen schaut. Diese drei Worte sind: Fürchte dich nicht!

Ich weiß bis heute nicht, warum dieser eine kleine Satz so eine Kraft hat, aber vielleicht hat es ja einen Grund, dass in der Bibel jeder Engel diese drei Worte sagt: Fürchte dich nicht!

ICH, ICH, ICH!

ICH – MEHR ALS NUR EIN WORT

Mein Name und meine Stimme, meine Gedanken und meine Gefühle, das, was ich kann, und das, was ich anstelle: All das gehört zu mir. All das zusammen BIN ich. Und wenn ich mir überlege, wie unterschiedlich allein meine Gedanken und Gefühle sind, dann komme ich ganz schön ins Grübeln, wer ICH in Wahrheit eigentlich bin.

Wer bist Du?

Manchmal gibt es sie: Worte, die ohne Vorwarnung wie ein Blitz einschlagen.

Bei mir hat der Blitz im Gottesdienst zugeschlagen. Ich war müde und nicht so ganz bei der Sache; plötzlich fragt der Pfarrer:

„Wer bist Du?“

Zuerst habe ich gar nicht kapiert, was los ist. Dann habe ich gemerkt, dass er gerade aus der Bibel vorliest und mich gar nicht persönlich meint.

Trotzdem hat mich die Frage kalt erwischt. Was würde ich denn antworten, wenn mich tatsächlich jemand fragen würde.

Wer bin ich denn?

Bin ich nett, lieb, hilfsbereit oder eher mehr ein Assi und Vollpfosten?

Ich finde, das ist super schwer zu beantworten. Derjenige, der in der Bibelstelle gefragt wird, macht es geschickt: Er sagt, wer er nicht ist. Und weiter sagt er: „Ich bin die Stimme, die in der Wüste ruft.“

Und ich? Ich bin die Stimme, die dich jetzt fragt: „Wer bist du?“ Und zwar heute?

„Was labersch du?!?“

Seit Tagen verfolgt mich dieser Satz wie ein Stalker. An der U-Bahn, im Bus, in der Stadt, im Internet. Überall: „Was labersch du?!?“

Und da habe ich mich gefragt, was alles an einem Tag meinen eigenen Mund verlässt. Ganz ehrlich: Der größte Teil davon ist Gelaber. Heiße Luft, die weder einem anderen noch mir selbst etwas bedeutet.

Ich habe die Schnauze voll – ich habe genug von meinem eigenen Gelaber und dem der anderen. Ich will endlich etwas hören, das von Bedeutung ist; was mir mein Leben wenigstens teilweise erklärt. Und was mir erklärt, warum ich mich jeden Tag wieder in den Wahnsinn werfen soll.

Vor 2000 Jahren hatte ein Soldat auch die Schnauze voll vom Gelaber und hat gesagt: „Herr, ich bin nicht würdig, dass du eingehst unter mein Dach – aber sprich nur EIN WORT, so wird meine Seele gesund.“

Ein Wort, und meine Seele wird gesund.

Ich werde heute nach diesem einen Wort suchen. Ich werde morgen nach diesem Wort suchen und wenn es sein muss, auch übermorgen. (06-2011)

Wolke 4

Ich hab es nicht so mit Drama. Auf Partys gehen meistens die anderen steil und wenn in der Liebe alle auf Wolke 7 schweben, bin ich eher auf Wolke 4 unterwegs. Für meinen Geschmack muss es nicht laut sein, damit ich mich gut fühle. Ich finde die Stille sogar spannender und viel intensiver. Mir reicht oft weniger: ein einzelner Blick von einem Freund, in dem ich seine Begeisterung erkennen kann – oder eine herzhafte Umarmung. Dann habe ich das Gefühl, dass ich etwas Besonderes erlebe. Und manchmal erlebe ich genau das in der Stille. Der Weg dorthin ist aber leider lang.

Es gibt extrem viele Geräusche im Alltag um mich herum und dass ich mal die Finger von meinem Smartphone lasse, fordert mich ziemlich heraus. Wenn ich das geschafft habe, dann muss ich auf meinem Weg zur Stille auch noch an meinen Gedanken und Sorgen vorbei. Erst dann bin ich endlich da. Dann stehe ich vor einer Tür. Eine Tür in meine Seele. Ich klopfe an. Jemand antwortet.

Und die wärmste Stimme der Welt sagt: „Komm rein – es ist offen." An diesem Ort bin ich zu Hause.

Heiliger Boden

„Leg deine Schuhe ab, denn der Ort, wo du stehst, ist heiliger Boden“, sagt Gott in der Bibel zu Mose, und seit gestern hängt dieser Satz an meiner Zimmertür. Immer wieder habe ich mich geärgert, wenn Gäste in meiner Wohnung ungefragt die Schuhe angelassen haben.

Nein, meine Wohnung ist keine Kirche, Synagoge oder Moschee. Aber sie ist für mich mein Heiligtum. Meine Wohnung ist der Ort, der anders ist. Anders als meine Arbeit und alle Orte, zwischen denen ich mich täglich hin- und herbewege. Meine Wohnung ist mein Fixpunkt und die Wohnungstür das Portal in eine andere Welt: meine Welt. Zu Hause fühle ich mich wie ein „kleiner Gott“; ich gestalte, schmücke, ordne nach meinen eigenen Wünschen und Regeln. Darum will ich auch, dass meine Gäste mich – nein, nicht anbeten –, aber meine kleine Welt und damit mich selbst respektieren. Der graue Alltagsstaub kann draußen vor der Tür bleiben.

Möglicherweise ist nicht jeder bei seiner Wohnung so eigenwillig, aber ich bin mir sicher, dass jeder auch einen „heiligen Ort“ hat – einen Ort, der ihm viel bedeutet, an dem er zur Ruhe kommen kann und wo’s auch ihm die Schuhe auszieht.

Körper

Eine Freundin von mir ist gerade schwanger. Ich habe sie gefragt, ob sie Angst vor der Geburt hat. Sie meinte: „Irgendwie schon. Eine Geburt macht man mit dem Körper. Und es gibt nicht mehr viel, was man mit dem Körper macht."

Abgesehen davon, dass ich gerade nicht schwanger bin, mache ich wirklich wenig mit meinem Körper. Ein bisschen Rad, ein bisschen Kicken – die meiste Zeit verbringe ich aber mit Lernen oder mit WhatsApp, Facebook oder YouTube. Sogar beim Beten mache ich wenig mit dem Körper: Ich sitze still da und murmle fromme Gedanken vor mich hin. Das ist etwas, was ich nicht wirklich mag. Schon gar nicht in der Kirche. Ich mag nicht stillsitzen und andächtig sein, wenn ich mit Gott spreche. Ich will laufen und schreien, jubeln und fluchen – wie beim Kicken.

Einmal in der Woche bin ich auf dem Bolzplatz. Einmal in der Woche bete ich dann nicht still und andächtig, sondern wild, laut und mit meinem ganzen Körper. Und das fühlt sich lebendig an.

Süchtig

Ich bin so was von süchtig nach Serien! Ich würde am liebsten nichts anderes machen. Ich liebe es, voll und ganz in eine andere Welt abzutauchen. Manchmal fresse ich tage- und nächtelang Folge um Folge und fühle mich wie auf Entzug, wenn ich den Stream mal unterbrechen muss. Ich bin dann ganz weit weg von der Welt und meinem Alltag. Das kann bei mir manchmal Ausmaße annehmen, da frag ich mich dann, ob das noch normal ist.

Bei einer meiner letzten Seriensuchtattacken hab ich mich auch gefragt, ob nicht die vielen Geschichten über Gott und den Glauben so ähnlich sind wie eine verdammt spannende und ziemlich lange Serie – inklusive Suchtpotenzial. Dann wäre aber alles, was mit Religion zu tun hat, nicht mehr als eine Flucht vor der Welt und vor dem eigenen Alltag.

Ich persönlich glaube, dass Gott ein sehr unkontrollierbarer Zeitgenosse sein kann. Und darum steckt Gott in meinen Augen nie in den Religionen oder Kirchen oder Menschen, die vor der Welt fliehen wollen. Ich glaube, Gott ist woanders; man spürt ihn vielleicht sogar am deutlichsten in diesem fiesen Moment, in dem man den Stream am Laptop nach viel Überwindung wieder unterbrechen muss.

Heilig

Es gibt Dinge, die sind mir wichtig, und es gibt Dinge, die sind für mich noch mehr – die sind mir heilig. Was auch immer das ist: „heilig" ...

Zum Beispiel meine Familie; die ist mir auf jeden Fall heilig. Oder meine Erinnerungen; durch meine Erinnerungen weiß ich, wer ich bin.

Aber es gibt auch eine Menge Dinge, da bin ich mir nicht sicher, ob sie mir jetzt sehr wichtig sind oder ob ich sie „heilig" nennen kann. Letzte Woche hab ich mich mit einer Freundin darüber unterhalten und seitdem weiß ich, was „heilig" für mich bedeutet. Nachdem ich sie gefragt hab, was denn für sie heilig ist, hat sie erst eine Pause gemacht und dann diesen Knaller rausgehauen: „Heilig – das sind die Dinge, deretwegen man sich nicht umbringt."

Und das hat bei mir gesessen. Ich hab in dem Moment begriffen, dass es bei dem, was heilig ist, nicht um Gebäude oder Sachen aus Gold geht, sondern darum, dass ich am Leben bin, dass ich atme und fühle ...

Wir haben danach noch lange zusammengesessen. Dieser Satz war in mein Herz eingebrannt. Und seitdem glaube ich daran. Ich glaube daran, dass die Dinge wirklich heilig sind, die bewirken, dass ich am Leben bleiben will.

Herz verloren

Was machst du, wenn du etwas verloren hast? – Hm, kommt ganz darauf an, was es ist: Klamotten fahren meistens irgendwo im Zimmer herum oder liegen noch in der Wäsche. Arbeitsblätter kann ich mir auch schnell von Freunden kopieren. Und mein Smartphone kann ich anklingeln oder per Satellit orten lassen.

Gestern habe ich dazu einen Gedanken von Mengtse, einem chinesischen Philosophen, gelesen. Der sagt: „Gehen dem Menschen Hühner und Hunde verloren, so weiß er, wo er sie suchen soll. Geht ihm sein Herz verloren, so weiß er nicht, wo er suchen soll."

Ich stelle mir vor, dass mein Herz alles ist, was ich bin. Alles Gute und weniger Gute. Und wenn ich alles verliere, was mich ausmacht, ist das schon blöd. Wutanfälle, Gewalt und Liebeskummer sind nur ein paar Möglichkeiten, das Herz zu verlieren.

Darum sagt Mr. Mengtse weiter: „Die Bildung hat keinen anderen Zweck als den, das verloren gegangene Herz zu suchen." Und Bildung ist überall: im Kino, in der Schule, beim Arbeiten, im Urlaub und überall, wo Menschen sind. Darum ist alles, was wir unternehmen, wichtig. Und genau aus diesem Grund wünsche ich jedem Freunde, Lehrer und Vorbilder, die mit einem gemeinsam nach dem Herz suchen.

Spuren

Ich denke an nichts Böses, checke gerade, was es Neues gibt, und zack – auf meinem Smartphone-Display stehen Worte, die bei mir voll ins Schwarze treffen.

Es ist ein Screenshot aus dem ZEIT-Magazin. Darin steht: „Eigentlich gibt es kaum eine Begeisterung für irgendwas. In meinem Umfeld ist man mehr oder weniger zufrieden mit der Regierung, mit dem neuen iPhone, mit dem Tatort am Sonntag, mit dem Sexualleben, dem Job. Wenn wir das Mittelmaß eine ganze Weile in Balance gehalten haben, sterben wir und werden zu einer Memorialseite auf Facebook."

Nachdem ich das gelesen hatte, war ich sprachlos. Ich war betroffen, weil mehr als mir lieb ist auch auf mich zutrifft. So oft jongliere ich nur mit meiner eigenen Mittelmäßigkeit herum und bin für kaum etwas so richtig Feuer und Flamme. Das will ich beenden, denn die Spuren, die ich hinterlassen möchte, soll man nicht auf irgendeiner Memorial-Seite auf Facebook finden; sondern ich will, dass wenigstens einem Menschen auf dieser Welt das Herz brennt, wenn er an mich denkt.

Dafür will ich Vollgas geben.

Ich glaube an Gott

„Ich glaube an Gott."

Ach – was für eine Überraschung: Da schreibt einer von der Kirche und sagt, dass er an Gott glaubt. Das ist wohl so innovativ, wie wenn ich sagen würde: „Hallo, ich bin Bäcker und backe Brot."

Der Punkt ist nur: Den Satz, „ich glaube an Gott", sage nicht ich, sondern Seeed in ihrem Lied „Augenbling". Dieses Lied ist das erfrischendste Glaubensbekenntnis, das mir je begegnet ist. Dort heißt es einfach: „Ich glaube an Gott, denn er baute dich; ausgerechnet ich bin im Garten Eden; diese Braut, dieser Arsch, dieser Tag, dieses Leben."

Ja, ich gebe es zu: Was gerade in meinem Kopf los ist, ist sehr schlicht.

Na und? Mein Leben ist oft schon kompliziert genug. Warum mach ich es Gott und mir von Zeit zu Zeit nicht auch mal einfach? In dem Lied von Seeed und auch in meinem eigenen Leben geht einiges schief. Und gerade dann, wenn ich keine Kraft mehr hab, brauche ich einen Menschen, der mir neue Kraft schenkt. Und es gibt solche Menschen. Da genügt dann ein Blick, und alles verändert sich.

Mein Gedanke: Wenn es Menschen gibt, die mit ihrem Lächeln machen können, dass bei mir die Sonne wieder aufgeht, dann sind dieser Gott und seine Welt, die er gemacht hat, vielleicht gar nicht so übel.

Seelen-AB

Seit Ewigkeiten hatte ich endlich wieder ein Wochenende, an dem ich schlafen konnte, soviel ich wollte. Eigentlich bin ich immer nur kurz zum Essen aufgestanden; dann hab ich mich wieder hingelegt. Dabei habe ich endlos viel geträumt. Das waren Träume und Bilder von Ereignissen und Erinnerungen, die ich schon fast vergessen oder auch verdrängt hatte. Manchmal bin ich aufgewacht und war fix und fertig – nur vom Träumen. Es war, als ob ich nach langer Zeit den Anrufbeantworter meiner Seele abhören würde. Ich hätte nicht gedacht, dass auf meiner Seelen-Mailbox so viele Nachrichten noch nicht abgehört sind.

Seitdem haben Träume für mich eine zusätzliche Bedeutung. Ein Traum ist für mich nicht mehr nur eine Vision von einem Leben, das ich irgendwann einmal gern hätte, sondern ein Traum ist für mich eine Nachricht, dass ich dringend meine Seelen-Mailbox abrufen sollte. Denn die Nachrichten meiner Seele sind in meinen Augen zu wichtig, als dass ich sie nicht in mein Leben hineinlasse. Und vielleicht entdecke ich darunter ja irgendwann mal auch von Gott einen liebevollen „Anruf in Abwesenheit“.

RISIKEN UND NEBENWIRKUNGEN

Oh ja, das Leben hat definitiv Risiken und Nebenwirkungen. Leider gibt es keine Packungsbeilage oder eine Bedienungsanleitung dafür, wie man sein eigenes Leben zu leben hat. Aber es gibt andere Menschen. Davon werden manche meine Freunde und manche meine Feinde. Und manche Menschen sind weder das eine noch das andere: Sie sind einfach da – zur richtigen Zeit am richtigen Ort – und zeigen mir etwas. Von diesen kleinen und großen »Lern-Engeln« kann ich viel über das Leben erfahren. Aber Achtung: Nicht jeder Lern-Engel ist niedlich. Es gibt auch fiese Lern-Engel – und die Lektionen, die man von ihnen lernen kann, sind oft die wichtigsten.

Ich sehe dich

Es ist scheiß-früh, der Zug ist voll und ich bin müde – eigentlich alles wie immer. Ein paar hören Musik, ein paar lesen, ein paar schlafen. Nur die Kinder passen nicht wirklich ins Bild. Quietschvergnügt springen diese kleinen Menschen herum und spielen Fangen. Es tut fast weh, wie gut gelaunt und fröhlich die Kids sind. Fast gegen meinen Willen steckt mich die Freude immer mehr an. Und auf einmal hält eins von den Kindern an und schaut mich an. Von jetzt auf gleich sehen wir uns direkt in die Augen. Fühlt sich komisch an – aber irgendwie auch schön. Da steht ein kleiner Mensch und sieht mich. Ich weiß nicht warum, aber mir fällt wieder die letzte Strophe von einem Gedicht von Hilde Domin ein, das ich mal gehört habe:

Es gibt dich
weil Augen dich wollen
dich anschauen und sagen
dass es dich gibt

Verrückt – dieses Kind hat mich angeschaut, und ich kann wirklich fühlen, dass es mich gibt.

Himmel und Hölle

Wo sind Himmel und Hölle? Hoch über den Wolken und tief unter der Erde? Oder irgendwo im Jenseits?

In einem Buch habe ich den Satz gelesen: „Die Hölle – das sind die anderen." Die, die mich in der U-Bahn anrempeln; die, die sich in jeder Schlange vordrängeln – oder die sogenannten ‚Freunde', die immer meine Sachen schnorren, aber nie was zurückgeben. Das geht gar nicht!

Wenn ich aber an die Menschen denke, die ich mag – das sind bei mir insbesondere meine Familie und meine Freunde –, dann wird es knifflig, denn sie gehören alle zusammen auch zu den sogenannten „anderen". Aber der Unterschied ist: Bei ihnen fühle ich mich wie im Himmel. Bei ihnen geht mein Herz auf.

Ich finde es ziemlich eigenartig, dass auf diese Weise Himmel und Hölle nicht im Jenseits, sondern hier und jetzt nebeneinander existieren. Das Blöde dabei ist: Irgendjemand vermiest einem immer den Himmel. Aber das Gute daran ist: Es gibt auch immer jemanden, der einen aus der Hölle ziehen kann.

Gedankengang

An vielen Orten herrscht Krieg; scheinbar weil sich Menschen nicht (mehr) miteinander verstehen. Mit einigen Menschen in meiner Umgebung verstehe ich mich auch ziemlich schlecht und manchmal, wenn ein Streit eskaliert, dann erlebe ich am eigenen Leib, wie verführerisch es sich anfühlt, zur Gewalt zu greifen. Immer wieder kämpfe ich: Entweder kämpfe ich darum, dass mich andere endlich verstehen, oder ich kämpfe gegen diejenigen, die ich nicht verstehen kann oder will. Wie aber kann Verständnis entstehen?

In einem Gospel-Song habe ich folgende Worte gefunden:

Geh ein Stück mit meinen Gedanken,
bevor du misshandelst, kritisierst und anklagst,
geh ein Stück mit meinen Gedanken!

Danach braucht es zwei Dinge, damit Verständnis entsteht: Es muss einen Menschen geben, der sich für das interessiert, was in meinem Kopf los ist. Und ich muss selbst bereit sein, mich auf das einzulassen, was andere denken. Zwei Dinge – das scheint wenig, aber ich glaube, ohne sie geht es nicht:

Jeder braucht mindestens einen Menschen, der ein Stück mit den eigenen Gedanken mitgeht. Und jeder kann selbst heute für einen anderen derjenige sein, der ihn bei seinen Gedanken begleitet.

Beim Namen gerufen

In dem Wohnheim, ich dem ich während meiner Ausbildung ein Zimmer hatte, hing im Flur eine lange Liste. Auf dieser Liste standen 99 Arten, wie man einem Menschen zeigen kann, dass man ihn respektiert. Was glaubst du, ist die beste Art, einem Menschen Respekt zu zeigen?

Die Ideen auf dieser Liste von Nummer 2 bis 99 waren alle klasse. Die Nummer 1 auf dieser Liste war allerdings unschlagbar und bevor ich die Nummer 1 verrate, ein kurzes Experiment:

Stell dir die Person vor, die dein Herz schneller schlagen lässt. Stell dir vor, ihr seid euch erst einmal begegnet, habt auch nur kurz miteinander gesprochen, aber seit diesem Moment hört das Pochen in deinem Herzen nicht mehr auf. Und jetzt stelle dir vor, wie sich das anfühlt, wenn diese Person plötzlich kommt und dich bei deinem Namen nennt – obwohl sie ihn nur einmal und vor Wochen gehört hat.

In genau so einem Moment habe ich gespürt, dass mich jemand sieht und dass ich wahrgenommen werde. Dieses Gefühl bedeutet für mich Respekt. Und da ich anscheinend nicht der Einzige bin, der respektiert und gesehen werden will, ist laut der Liste in meinem alten Wohnheim die beste Art, wie man einem Menschen zeigen kann, dass man ihn respektiert: ‚Lerne seinen Namen!‘

Wie geht's?

„Hi, wie geht's?" – „Oh hey, gut und dir?" Ich stehe im Treppenhaus und bin auf dem Weg zu meinem Zimmer oder an der Uni auf dem Weg ins Seminar oder steh' beim Einkaufen vor dem Gemüse und jedes Mal das gleiche Spiel: „Hi, wie geht's?" – „Gut. Und dir?"

Ich finde diesen kleinen Wortwechsel so persönlich wie das Piepsen an der Supermarktkasse. Wenn ich im Freundeskreis davon erzähle, dass mir solche hohlen Worte gestohlen bleiben können, dann höre ich häufig: „Das ist doch nett, wenn heutzutage noch jemand wissen will, wie es dir geht. Das ist doch nur Smalltalk. Was bitte stört dich daran?"

Im Kopf weiß ich auch, dass das ein stinknormaler Gesprächsöffner ist. Aber im Bauch bleibt immer ein komisches Gefühl. Für mich ist es eben kein Smalltalk. Ich finde, die Frage, wie es mir geht, ist etwas sehr Persönliches. Viele von denen, die mich im Vorbeigehen fragen, wollen gar keine echte Antwort von mir hören. Ich wiederum kenne viele von denen, die mir im Alltag begegnen, gar nicht so gut, dass ich ihnen anvertrauen möchte, wie es mir geht.

Obwohl ... vielleicht mute ich es denen, die mich fragen, in Zukunft zu. Ich werde ihnen sagen, wie es mir geht. Ich wette, einige werden mich nie wieder fragen. Und ich wette, einigen werde ich wieder erzählen wollen, wie es mir geht.

Seele in Not

Charles de Foucauld war ein krasser Typ: Am Anfang waren Alkohol, Partys und Nutten seine besten Freunde. Dann war er Soldat. Und nach dem Krieg ist er Mönch geworden. Er ist in den strengsten Orden eingetreten, den er finden konnte, und angeblich hat er sich sogar noch beschwert, weil es in diesem Orden für seinen Geschmack immer noch nicht streng genug gewesen ist. Sein Motto bei allem, was er gemacht hat: Immer Vollgas. Alles oder nichts.

Am Ende seines Lebens hat er dann ganz alleine im Gebirge von Algerien gelebt. Und in dieser Stille muss er sich regelmäßig mit Gott getroffen haben, denn anders kann ich mir nicht erklären, wie er auf all die Gedanken gekommen ist, die er in dieser Stille und Einsamkeit aufgeschrieben hat. Zum Beispiel schreibt er: „Eine Seele ist mehr wert als das ganze Heilige Land [...]. Man muss nicht dahin gehen, wo die Erde am heiligsten ist, sondern wo die Seelen in großer Bedrängnis sind."

Und ich frage mich deshalb, warum Menschen nach Rom, Mekka oder Jerusalem pilgern? Ich glaube, die Not von genau dem Menschen, der mir als Nächstes begegnet, ist exakt der Ort, an dem ich Gott treffen kann. Dieser Mensch ist es, der Hilfe braucht. Und zusammen mit diesem verrückten französischen Priester glaube ich fest daran, dass es nichts Wichtigeres gibt, als einer Seele in Not zu helfen – egal wo.

Entscheidung

Was war die wichtigste Entscheidung in deinem Leben?

Mit einem Freund und einer Kamera bin ich vor zwei Wochen fürs Fernsehen losgezogen. Am Bahnhof in Karlsruhe habe ich diese Frage allen möglichen Leuten gestellt, die gerade vorbeigekommen sind: „Was war die wichtigste Entscheidung in deinem Leben?"

Ich habe die Menschen nicht gekannt und sie mich auch nicht. Trotzdem haben sie mir für ein paar Minuten von ihrem Leben und ihren Entscheidungen erzählt: Davon, wie es war, die Heimat zu verlassen und in Deutschland neu anzufangen. Von der Entscheidung, die eigene Mutter nach langer Krankheit sterben zu lassen. Von der Entscheidung zwischen dem Leben der schwangeren Freundin und dem Leben des gemeinsamen Kindes im Mutterleib.

Oft bin ich nach den Gesprächen dagestanden und hatte das Gefühl, dass sie keine Minuten, sondern Stunden dauerten. Eine solche Wucht hatten die Gespräche.

Seitdem schaue ich Menschen, die auf Bahnhöfen an mir vorbeigehen, anders an. Ich weiß jetzt, was oft verborgen unter der Oberfläche liegen kann, und schaue genauer hin als früher. Ich bin neugierig geworden. Bei allen Menschen wird das schwierig. Aber vor allem meine Freunde will ich besser kennenlernen; oft weiß ich nicht wirklich, was bei ihnen los ist, und ich finde, als Freund sollte ich das wissen.

Normal ist behindert

Ich bin mir sicher, dass ihr schon einmal einen Menschen gesehen habt, der Trisomie 21 hat. Früher sind Menschen mit dieser Trisomie oft als „Mongos“ verspottet worden. Streng genommen ist Trisomie 21 eine Veränderung in den Genen: Menschen mit Trisomie 21 haben an einer Stelle sprichwörtlich „zu viele“ Gene. In meiner Familie gibt es einen Menschen mit Trisomie und darum hat es mich tief berührt, als ich das Video von Rob Scott gesehen hab. Sein Sohn Turner hat Trisomie 21 und beim Einkaufen hat er ein Gespräch mitbekommen: Ein kleiner Junge hat gefragt: „Was ist Trisomie 21?“ und als Antwort bekam er zu hören: „Das ist eine Krankheit.“

Eine Krankheit ... Das macht Rob Scott wütend und traurig: Er schämt sich, weil er in diesem Moment nichts dagegen gesagt hat. Und Trisomie 21 ist so viel mehr als eine Krankheit! Diese wunderbaren Menschen spielen, lachen und schmusen; fast schon „zu viel“ – falls das überhaupt geht. Und dann sagt Rob Scott noch einen Gänsehaut-Satz: „Nicht einmal der gebildetste Mensch auf dieser Welt kann dir mehr über das Leben beibringen als mein Sohn.“ Ich glaube, genau in diesem vermeintlich „behinderten“ Kind versteckt sich Gott und lacht und schmust, soviel es geht.

Superhumans

Menschen mit Behinderung – so heißt es, glaube ich, wenn man politisch halbwegs korrekt von „Behinderten“ sprechen will. Ganz anders macht das ein Fernsehsender aus England. Er nennt diese Menschen „Superhumans“, also Über-Menschen. Und das völlig zu Recht! Im August 2016 haben in Rio de Janeiro die Olympischen Spiele stattgefunden, und im Windschatten dieser Olympischen Spiele haben im September die sogenannten „Paralympics“ stattgefunden – eine Olympiade, an der man nur mit einer Behinderung teilnehmen darf. Da konnte man beispielsweise Läufer mit Beinprothesen sehen, es gab ein Rollstuhlbasketball-Turnier, und Menschen ohne Arme haben sich im Bogenschießen gemessen. Aus diesem Anlass hat der englische TV-Sender, der diese Paralympics im Fernsehen übertragen hat, einen Videoclip gemacht und darin Menschen gezeigt, die all das tun: Blind oder ohne Arme oder ohne Beine Leistungen zu erbringen, die ich mir nicht mal im Vollbesitz meiner Kräfte und Gliedmaßen zutraue.

Seit ich diesen Clip gesehen habe, schäme ich mich dafür, den Satz: „Das kann ich nicht“ auch nur einmal in meinem Leben gesagt und gedacht zu haben. Ein altes Sprichwort sagt: „Bei Gott ist alles möglich.“ Heute würde ich ihn korrigieren: „Bei Gott und bei den Paralympics ist alles möglich!“ Vielleicht dann auch bei mir.

Ich liebe
dich

L(I)EBE!

… ist die Antwort. – Was war nochmal die Frage?
Wenn Gott überhaupt etwas ist, dann Liebe. Wenn Gott überhaupt etwas will, dann dass wir leben und lieben: die anderen, die Wunder des Lebens und uns selbst. So einfach und vielleicht gerade darum so schwierig. Außerdem tut es höllisch weh, wenn die Liebe mir gerade das Herz gebrochen hat. Aber was ist eigentlich »Liebe«? Und wie soll das überhaupt gehen? Die Antwort versteckt sich irgendwo im Leben und irgendwo im Lieben.

Liebe suchen

Wo suchst du die Liebe?

Ein Freund von mir ist vor Kurzem als Reporter auf der „Venus“ in Berlin gewesen und hat sich dort auf die Suche nach der Liebe gemacht.

Die Venus ist eine Erotik-Messe, und die Liebe dort zu suchen, wirkt auf den ersten Blick ziemlich ungewöhnlich. Aber warum eigentlich? Liebe und Erotik gehören fest zusammen.

Immer wieder treffe ich auf Menschen, die trennen zwischen Liebe und Sex. Ich finde das schade. Wenn Gott alles erschaffen haben soll, dann sicher auch die Lust. Deshalb glaube ich, dass nicht nur die Schmetterlinge im Bauch zur Religion gehören, sondern auch das Prickeln auf der Haut.

Ich glaube, wenn ich der Leidenschaft folge, bin ich ganz nah dran am Herzschlag des Lebens und ich habe das Gefühl, dass Gott sich irgendwo in diesem Herzschlag versteckt. Ich möchte das Leben spüren und Gott finden. Darum will ich in Zukunft Gott vor allem da suchen, wo's prickelt.

Lieb haben

„Piep, piep, piep, wir ham uns alle lieb."

Ganz genau – das klingt nach Kindergarten. Mittlerweile bin ich kein Kind mehr und ich habe gemerkt, dass ich gar nicht alle lieb habe. Ich habe Menschen getroffen, die gar nicht lieb gewesen sind.

Wie macht Gott das eigentlich, dass er angeblich alle lieb hat? Ich weiß es nicht.

„Piep, piep, piep", ruft er sicher nicht vom Himmel herab. Jesus hat auch mal mit einer Peitsche die Leute aus dem Tempel gejagt, die ihm mächtig auf die Nerven gegangen sind.

Lieb haben scheint mehr zu bedeuten als Friede, Freude, Eierkuchen. Wenn ich einen Menschen lieb habe, dann ist er mir wichtig. Und wenn dieser Mensch, der mir wichtig ist, Mist baut, lässt mich das nicht kalt; dann gehe ich dazwischen und streite mit ihm, wenn es sein muss.

Streiten heißt für mich, miteinander ringen und kämpfen – aus Liebe.

Ich wünsche mir, dass Gott mich nicht nur einfach lieb hat, sondern auch mit mir aus Liebe ringen und kämpfen will, weil ich ihm wichtig bin.

Lieblingsmensch

„Lieblingsmensch" – ein Hammerlied von Namika. Ich habe es vor ein paar Tagen im Radio gehört und mich gefragt, wer eigentlich mein Lieblingsmensch ist. Was muss er haben und was muss er können?

Ich glaube, mir ist superwichtig, dass mein Lieblingsmensch spüren kann, wie ich drauf bin. Ich mag es nicht, wenn ich mir den Mund fusselig reden muss. Bei meinem Lieblingsmenschen sollte ein langer tiefer Blick genügen und er weiß, was los ist. Wir müssen uns auf Augenhöhe begegnen – und auch fetzen können. Ich will mich mit meinem Lieblingsmenschen einfach austoben können.

Ich glaube, damit stelle ich echt harte Anforderungen an meinen Lieblingsmenschen. Aber wenn es der richtige ist, dann geht alles irgendwie ganz leicht. Im Lied von Namika gibt es den Satz: „Danke Lieblingsmensch, dass du mich so gut kennst. Bei dir kann ich ICH sein."

Schöner könnte ich es nicht sagen. Ich will meinem eigenen Lieblingsmenschen nur noch eine feste Umarmung hinterherschicken.

Fernbeziehung

In meinem Leben gibt es immer wieder Momente, da hab ich das Gefühl, dass ich durch das, was ich in meiner Beziehung erlebe, einen kleinen Augenblick lang Gott besser verstehen kann.

Meine Freundin wird nach München ziehen und das bedeutet für uns beide: Fernbeziehung. Mir gefällt das nicht, denn es ist schön und gemütlich in unserer gemeinsamen Wohnung. Aber ich muss sie ziehen lassen. Sie ist dann woanders – aber sie ist nicht weg. Trotz der Distanz werden wir uns nahe bleiben. Und ich weiß, sie kommt wieder. Eines Tages vielleicht sogar für immer.

Ich frage mich, ob Gott mit den Menschen auch so etwas wie eine Fernbeziehung hat. Er war ja auch schon einmal da und ist dann ziemlich weit weggezogen. Aber ich glaube, auch Gott ist nicht weg, sondern einfach nur woanders. Und weil er es gerne spannend mag, verrät er auch nicht, wo genau.

Manche sagen, er versteckt sich überall dort, wo Liebe ist. Vielleicht entdecke ich ihn ja darum immer wieder in meiner Beziehung.

Ich glaube, eines Tages kommt Gott wieder und dann wird auch er endlich bleiben – für immer.

„Thomas, willst du dich verlieben?“

Erst gestern habe ich wieder so eine E-Mail bekommen. Ja, klar will ich mich verlieben! Du sicher auch. Aber das geht nicht auf Knopfdruck!

Wenn ich Hunger habe, esse ich. Wenn ich Durst habe, trinke ich.

Und wenn ich Liebe will, verliebe ich mich? Blöd nur, dass es so nicht läuft. Ich habe noch nie erlebt, dass ich mit meinem Willen steuern konnte, in wen ich mich verliebe. Aber wer steuert dann den ganzen Spaß?

Für mich als Christ wäre es jetzt elegant und einfach zu sagen, dass es sich hier um ein Geschenk Gottes handelt und dass es wichtig ist, für dieses Geschenk dankbar zu sein. Hm, zu einfach. Ich erinnere mich noch gut, als ich auf das Kleingedruckte gestoßen bin: Momente, in denen meine Liebe unerwidert geblieben ist oder der Mensch, den ich geliebt habe, ohne mich weitergezogen ist. Für den Schmerz, der geblieben ist, war ich nie dankbar.

„Thomas, willst du dich jetzt ent-lieben?“ – Ja klar! Aber wieder habe ich es nicht in der Hand. So muss ich mich entscheiden: Mann oder Maus.

Als Maus werde ich mich aus Angst vor neuen Schmerzen verkriechen. Als Mann habe ich schon auch Angst vor den Schmerzen. Aber ich werde das Risiko eingehen, dass mich die Liebe mit Lust und Schmerz wieder erwischt.

Vielleicht bin ich ja Masochist. Auf jeden Fall Christ, weil ich mit jedem Blick aufs Kreuz spüre, wie untrennbar Liebe und Schmerz zusammengehören.

Ich liebe dich

„Ich liebe dich."

Wann hat dir jemand zum letzten Mal diesen Satz gesagt? Wann hast du selbst einem Menschen diese drei Worte gesagt? Vielleicht zu spät? Zu lange gewartet und sich nicht getraut, über die Lippen zu bringen, was das Herz so lange schon schreit? Oder zu früh und plötzlich war alles kaputt, weil das, was gerade erst vorsichtig begonnen hatte, zu wachsen, erstickt wird von diesen übermächtigen drei Worten? Die ewige Angst, den richtigen Zeitpunkt zu verpassen, und die Angst, überhaupt etwas zu verpassen.

„Ich liebe dich." Das heißt: Ich habe keine Angst mehr: Keine Angst mehr vor dem falschen Augenblick, keine Angst mehr, irgendetwas zu verpassen. „Ich liebe dich" heißt: Ich bin jetzt da – hier und bei dir. Ich will dir alles schenken, weil dein Lachen, deine Wärme und deine Zärtlichkeit mich mit Glück vollpumpen. „Ich liebe dich" heißt: Ich hab gecheckt, dass du die pralle Fülle bist und dass ich verliere, wenn ich mir alle Möglichkeiten der Welt offenhalten will.

„Ich liebe dich" heißt: Ich bin dein und gesegnet, weil du dich mir schenkst.

Mit 6

„Wie alt warst du, als du den ersten Porno gesehen hast?“

Letzte Woche hab ich diese Frage sieben Jungs gestellt. Zwei Tage lang hab ich eine Schulklasse begleitet und mit einem Teil der Klasse zu dem Thema *Liebe – Partnerschaft – Sexualität* gearbeitet.

Die Jungs in meiner Gruppe waren 14 Jahre alt und sie wollten über Pornos reden. Also gut, hab ich mir gedacht, dann frag ich zuerst einmal, wie die Wirklichkeit dieser 14-Jährigen aussieht: Bis zum elften Lebensjahr hatten alle Pornos gesehen. Der jüngste war sechs Jahre. Und wie zur Entschuldigung hat er hinzugefügt: „Aber ich hab mir dabei noch keinen 'runtergeholt.“

Echt jetzt? Ich war geschockt. Aber was mache ich mit meinem Schock? Schwer, da die richtigen Worte zu finden, und ich denke mir, dass ich an diesem Punkt auch nicht an Gott glauben muss, um zu spüren, dass hier was falsch läuft.

Mindestens drei Mal pro Woche schauen die Jungs Pornos, manche jeden Tag. Und die Folgen davon? Als es darum ging, den Mädels in der Klasse auf einem Blatt Fragen zu stellen, mussten die Jungs um die richtigen Worte kämpfen – weil in ihrer Welt Frauen schlicht Weiber oder Schlampen heißen und weil ihnen für „miteinander schlafen“ kein anderes Wort als „ficken“ eingefallen ist.

Im Internet spielt heute die Musik und was dort mit zwei Klicks zu sehen ist, verschlägt einem die Sprache und vor allem das Gespür für den anderen. (05-2012)

Göttlich

Zlatan Ibrahimovic hat seinen Trainer gefragt: „Glaubst du an Gott? Denn wenn du an Gott glaubst, glaubst du an mich."

BÄMM! Das ist mal ein Selbstbewusstsein! Ich hab ja immer gedacht, nur Jesus wär wie Gott. Aber hey: Zlatan ist es wohl auch.

Und je länger ich darüber nachdenke, desto besser finde ich den Gedanken. Ich glaube, dass man in jedem Menschen Gott entdecken kann. Vielleicht hat Zlatan ja Gott gefunden. Tief in sich selbst. Und ich glaube auch, dass man merkt und spürt und sieht, wenn jemand Gott gefunden hat. Dann strahlt er etwas aus. Dann ist es, als würde eine magische Anziehungskraft von diesem Menschen ausgehen.

Zlatan hat auf jeden Fall eine starke Ausstrahlung. Aber: Anscheinend hat er es noch nicht geschafft, übers Wasser zu gehen oder Menschen zu heilen. Der Punkt geht dann doch an Jesus. Wenn es aber eine Botschaft gibt, die beide zu 100 Prozent unterschreiben würden, dann ist es: „Fürchte dich nicht und fang an, dich selbst zu lieben."

Supergeil

„Du bist eine supergeile Mutti.“

Das sagt ein alter Mann mit Bart, Sonnenbrille und grauen Haaren in einem Video auf der Homepage einer Supermarktkette. In anderen Videos findet dieser bärtige alte Mann alles Mögliche geil: Klopapier, Cookies, Müsli und Sushi – alles sehr, sehr geil. Aber nicht nur die Produkte, auch Menschen findet er supergeil: Männer, Frauen, Väter, Mütter, Geburtstagskinder und Kollegen.

Als ich das letzte Mal nachgeschaut habe, hatte eines der Videos 6.500.000 Klicks. Ich finde diese Spots der Hammer: Sie sind verrückt, lustig und haben eine klare Aussage. Sie sagen: „Du bist sehr, sehr geil.“

Das Einzige, was ich daran traurig finde, ist, dass es ein Supermarkt ist, der das ausspricht, was andere viel zu selten sagen: Du bist geil – oder anders: Du bist phänomenal gut. Eltern sollten das jeden Tag ihren Kindern sagen und Kinder auch mal ihren Eltern. Ich weiß gar nicht, wann ich meiner Freundin das letzte Mal gesagt hab, dass ich sie phänomenal gut finde. Nichts ist selbstverständlich, bis man es gesagt hat.

Andere brauchen mich, damit ich ihnen sage, dass sie gut sind, und ich brauche andere, die es mir sagen. Ich bin froh, dass ich solche Eltern habe und eine phänomenal gute Freundin. Und derjenige, der mich jeden Tag in meinem Leben sehr, sehr geil findet, ist nicht ein alter Mann mit Bart aus einer Supermarktwerbung, sondern das Original: Gott. (03-2014)

"ICH
GLAUB
AN DICH!
IRGENDWIE"

OH, MEIN GOTT

„Immer einmal mehr als du!" – So haben mein Bruder und ich uns als kleine Jungs immer darum gestritten, wer von uns beiden größer, klüger oder sonst irgendwas war, und ich hätte mir nie gedacht, dass die Art und Weise, wie wir als Kinder gestritten haben, meine Vorstellung von Gott prägen kann. Heute, als Erwachsener, denke ich mir oft, dass Gott so abgefahren groß, schillernd, liebevoll und furchteinflößend zugleich sein muss, dass ich mir das gar nicht vorstellen kann. Und trotzdem stelle ich mir Gott ja irgendwie vor. In meinem kleinen Kopf sieht das folgendermaßen aus: Gott sagt, ich solle ihm von den krassesten Vorstellungen, Ideen und Bildern erzählen, die mir einfallen. Und dann, am Ende, wenn ich ihm das alles erzählt und geschildert habe, grinst er mich an und sagt: „Immer einmal mehr, als du denkst."

Gott ist kein Smartphone

Was ist das beste Smartphone, und wer ist der beste Mobilfunkanbieter?

Einmal hab ich den Fehler gemacht und die Frage in geselliger Runde rausgehauen. Am Anfang war es noch harmlos: Ganz stolz hat jeder erst mal sein brandneues Gerät präsentiert. Dann wurde es kniffliger; auf ein Gewinner-Smartphone konnten wir uns schon nicht mehr einigen und bei der Frage, welcher Anbieter gerade das beste Angebot hat, wäre es beinahe eskaliert. Ich kam mir vor wie in einem Glaubenskrieg, nur dass hier nicht zwei Religionen, sondern die Anhänger von zwei Smartphone-Herstellern miteinander gestritten haben.

Zwei Dinge habe ich dabei gelernt: Ich werde diese Frage nie wieder stellen, wenn es ein schöner Abend mit Freunden werden soll. Und zweitens: Der Streit um die richtige Religion ist so dumm wie der Streit ums beste Smartphone. Gott ist aber kein Smartphone. Und trotzdem streiten überall auf der Welt Religionen wie eifersüchtige kleine Kinder miteinander.

Welches Smartphone oder welche Religion nun schicker ist, hat keine Bedeutung. Es ist egal, welches ‚Gerät' ich benutze. Wichtig ist, dass es funktioniert und dass ich es verstehen und bedienen kann. Alles, was ich dann noch brauche, ist ein guter Empfang und eine stabile Verbindung. Dann erst beginnt das eigentliche Gespräch – zwischen den Religionen und mit Gott.

Lügen

„Du sollst nicht lügen." Das ist das achte Gebot. Zehn gibt es insgesamt. Probleme macht mir aber immer wieder diese eine Sache mit dem Lügen.

Als Christ sollte ich eigentlich gar keine Schwierigkeiten mit der Wahrheit haben. Trotzdem erwische ich mich immer wieder beim Lügen. Meistens ganz harmlos.

Was aber, wenn es nicht mehr harmlos ist? Das geht schnell: Eine Verkehrskontrolle und der Polizist fragt: „Haben Sie etwas getrunken?", oder meine Freundin schaut mir tief in die Augen und sagt: „Sag mir bitte die Wahrheit!"

Und dann? Wenn ich dann nicht die Wahrheit sage, belüge ich zwei Menschen: den, der mir gegenübersteht, und mich selbst. Wenn ich die Lüge beenden will, muss ich auch zwei Menschen um Vergebung bitten: den, den ich belogen habe, und mich selbst. Und es ist die Hölle, wenn mir der andere vergeben kann, ich mir selbst aber nicht.

Ich glaube, dass Gott weder verzeiht noch bestraft. Zu spüren, wie sehr mich quält, was ich getan habe – das ist die Strafe. Gott kennt einfach nur die Wahrheit und sieht, wie ich mit mir und meinem Gewissen kämpfe. Dabei akzeptiert er mich die ganze Zeit.

Wenn mir das klar wird, kann ich versuchen, mit mir selbst wieder ins Reine zu kommen und neu zu starten. Ungelogen.

Gott ist bunt

Macht Gott Fehler?

Ich weiß es nicht. Wenn aber plötzlich Menschen darüber entscheiden wollen, was ein Fehler in Gottes Schöpfung ist und was nicht, dann läuft etwas falsch.

Mich stört zum Beispiel an meiner Kirche, dass sie (immer noch) behauptet, Homosexualität sei ein Fehler. Homosexualität gibt es, seitdem es Menschen gibt. Darum verstehe ich nicht, dass etwas, das so alt ist wie die Menschheit selbst, ein Fehler in Gottes Schöpfung sein soll. Denn dann wäre alles ein Fehler, was nicht oft vorkommt: Jede Minderheit wäre dann ein Fehler.

Ich bin da anderer Meinung.

Wenn ich mir die Welt so anschaue, dann wirkt sie auf mich sehr bunt. Anscheinend liebt Gott die Vielfalt. Ich auch. Ich liebe es, dass es Unterschiede gibt. Ich liebe es, dass es Farbe gibt. Und ich bin heilfroh, dass in Deutschland jeder seine Liebe in Freiheit leben darf. Das ist erst seit 1994 so. Diese Freiheit in Vielfalt ist bei uns also erst gut 20 Jahre alt. Ich wünsche ihr ein langes Leben.

Gottes Liebe

Wenn ich jemanden brauche, der alles über mich weiß, frage ich die NSA. Wenn ich Macht haben will, brauche ich nur genügend Geld. Und wenn ich geliebt werden will, melde ich mich eben bei einer Partnerbörse an.

Wozu braucht es dann noch Gott?

Gott liebt mich? Uuuuh, wie super! Als ob mir seine Liebe gefehlt hätte ...

Jetzt mal im Ernst: Ja, ich glaube an Gott. Aber ich erschrecke immer wieder, weil mein Alltag auch ohne Gott gut funktioniert.

Ich glaube trotzdem an Gott, weil schon mal alles weg war: all mein Wissen, all mein Geld und all meine Liebe. Erst da habe ich Gott gespürt: als ich allein war. Und erst seit diesem Moment spüre ich ihn auch wieder in meinem Alltag.

Ich freu mich für alle, denen es gut geht. Aber allen, denen es schlecht geht, und allen, die alleine sind, sage ich aus tiefstem Herzen: Gott ist da – mit all seiner Liebe.

Gott-Vertrauen

Gott vertrauen – das können Sie nicht?

Das ist der Anfang einer E-Mail, die ich bekommen habe. – Jeden Tag lasse ich mir eine E-Mail mit einem Motto für den Tag schicken. Dieses sonderbare Motto stammt von Detlef Wendler, einem Pfarrer, der in einer Psychiatrie arbeitet. Es ist die Überschrift für ein ganz einfaches Experiment:

Gott vertrauen – das können Sie nicht?
Weil es für Sie keinen gibt?
Oder weil Sie enttäuscht worden sind?
Verständlich.
Aber vielleicht können Sie einmal so tun, als ob?
Was würde sich für Sie ändern, wenn Sie einem Gott vertrauen könnten […]?
Was würden Sie anders machen?
[…]
Ja, leben Sie ein paar Stunden, ein paar Tage,
als ob Sie einem Gott vertrauen könnten.
Sie müssen sich nicht auf Dauer verpflichten.
Machen Sie eine Erfahrung,
ob es Ihnen besser oder schlechter damit geht.
Und bitte, sprechen Sie mit jemandem über Ihre Erfahrungen.

Ich hab es ausprobiert und meine Erfahrungen gemacht. Ein spannendes Experiment, das ich jedem gönne, denn jeder hat ein Recht auf eigene Erfahrung!

Lebe lieber logisch

Gibt es Gott? Niemand kann beweisen, dass es ihn gibt, und niemand kann beweisen, dass es ihn nicht gibt. Unentschieden.

Vielleicht ist das aber auch gar nicht so wichtig. Vielleicht ist es wichtiger, dass man sein Hirn benutzt und nachdenkt. Darum mache ich ein Experiment: Ich versuche so zu leben, als würde es Gott geben. Überzeugt hat mich, dass das ziemlich logisch ist: Wenn ich so lebe, als würde es Gott geben, das heißt, wenn ich andere Menschen und auch mich selbst liebevoll und mit Respekt behandle, und stelle dann nach meinem Tod fest, dass es Gott gar nicht gibt, dann habe ich nichts verloren. Wenn ich aber so lebe, als gäbe es keinen Gott, keine Liebe und keinen Respekt, und würde dann nach meinem Tod feststellen, dass Gott wirklich existiert – dann wäre ich ziemlich am Arsch.

So zu leben, als gäbe es Gott, ist verdammt anstrengend. Aber es lohnt sich: Denn wenn es ihn gibt, dann klickt Gott nach meinem Tod hoffentlich auf „Gefällt mir". Sollte er allerdings nicht auftauchen, dann ist das Schlimmste, was passieren kann, dass ich mich schon zu Lebzeiten bemüht habe, ein guter Mensch zu sein. Und mit beiden Fällen kann ich schon heute ziemlich gut leben.

Wo ist Gott?

Wenn ich dich frage: Wo suchst du Gott? – Was würdest du antworten?

Würdest du antworten: „Ich suche Gott in meiner Religion"? Oder hast du mehr das Gefühl: „Was juckt mich Gott? Ich suche ihn gar nicht"?

Ganz ehrlich, wenn du an deinen Alltag denkst: Wo spielt da Gott eine Rolle? Da gibt es vermutlich ziemlich wenig. – Alltag funktioniert auch ohne Gott. Warum solltest du ihn dann suchen?

Vorschlag: Wir reden nicht mehr über Gott, sondern über die Liebe. Denn was ist wichtiger, als einen anderen Menschen mit Haut und Haaren zu lieben und von diesem Menschen genauso zurückgeliebt zu werden?

Ich kenne nichts Schöneres als Augen, die mich sehen, wie ich wirklich bin; als Lippen, die nur mich küssen, und Hände, die nur mich berühren und halten. So muss Liebe sein. Im Leben würde ich darauf nicht verzichten wollen.

Und jetzt stell dir vor: Gott ist die Liebe.

Das letzte Wort

Denkst du noch an die Anschläge von Paris im November 2015?

Ich hab gestern einen Bericht über Davide Martello gesehen. Davide reist auf eigene Faust mit seinem Klavier durch die ganze Welt. Und nach den Terrorattacken ist er mit seinem Klavier von Deutschland nach Paris gefahren. Dort hat er auf dem Platz vor der Konzerthalle, wo so viele Menschen von Fanatikern getötet worden sind, Musik gemacht. Nur Musik. Ohne Worte.

Okay, nicht ganz. Drei Worte hat er doch gesagt bzw. geschrieben. Auf ein Schild aus Pappe: Wo ist Gott?

Mich erinnert das an Elie Wiesel. Er hat die Konzentrationslager der Nazis überlebt und darüber ein Buch geschrieben. An einer Stelle zwingen die Soldaten die Gefangenen, eine Hinrichtung mitanzusehen. Dabei wird ein Junge erhängt. Noch ein Kind. Elie Wiesel hört, wie jemand hinter ihm flüstert: „Wo ist Gott?“ Und wie ein anderer antwortet: „Da hängt er.“

„Wo ist Gott?“ Das fragt Davide heute mitten in Paris. Ich würde sagen: „Gott ist in Menschen wie Davide.“

Das letzte Wort haben nicht die Terroristen. Das letzte Wort hat die Musik. Ich glaube, Gott und Davide spielen so lange, bis das Leben wieder weitergehen kann.

(03-2016)

Gott ist klein

Bei den Anschlägen in Paris und Nizza haben die Terroristen gerufen: „Gott ist groß!", und danach haben sie ihre Bomben gezündet, Menschen erschossen und Kinder überfahren. Diejenigen, die das getan haben, behaupten: „Ich glaube an Gott, und weil Gott groß ist, müssen alle unwürdigen Ameisen ausgelöscht werden, die nicht an diesen Gott glauben."

Darum sage ich es klar und deutlich in aller Öffentlichkeit: Ich glaube nicht an einen Gott, der will, dass man andere Menschen ermordet. Ich glaube nicht einmal daran, dass Gott groß ist. Ich bin Christ und darum glaube ich daran, dass Gott klein ist. Liebevoll und klein. So klein, dass wir ihn alle schon unzählige Male übersehen haben. Gott ist so klein, dass er ein Mensch geworden ist: Jesus. Er ist so klein und scheinbar schwach, dass er sich nicht einmal gegen sein Todesurteil gewehrt hat und an einem Kreuz gestorben ist. Und als Gott am kleinsten war – leblos nach der Kreuzigung in einem Grab –, hat er den Tod in neues Leben verwandelt. Ich finde Gott nicht bei denen, die mächtig sind. Ich glaube: Gott ist klein. Und wenn ich ihn suche, gehe ich raus auf die Straße – sein Herz schlägt nur knapp über dem Asphalt. (07-2016)

Zeichen

Folgende Scherzfrage beschäftigt mich immer wieder: „Warum nennt man es Gebet, wenn ich mit Gott spreche – aber Psychose, wenn Gott mit mir spricht?"

Eigentlich wär's ja nur logisch, dass Gott mir irgendwann mal antwortet, wenn ich schon seit Jahren meine Fragen und Gebete bei ihm auf den Tisch lege. Und er antwortet auch – davon bin ich fest überzeugt. Allerdings bin ich heilfroh, dass ich eben keine Stimmen in meinem Kopf höre. Ich erlebe es so, dass Gott mir ganz anders antwortet.

In meinem Leben verstecken sich die Antworten, die von ihm kommen, in Zufällen. Ich arbeite zum Beispiel im Augenblick sehr viel und habe darum nicht nur wenig Zeit für meine Freunde, sondern auch für mich; vom Beten ganz zu schweigen.

Heute Vormittag bin ich durch den Flur gegangen und schaue zufällig auf den Kalender, der dort hängt und den ich sonst nie beachte. Ohne nachzudenken bleibe ich stehen. Und da steht sie, eine Botschaft von Gott an mich – versteckt in einem Kalenderspruch: „Nur selten versucht ein Mensch derjenige zu werden, für den er sich hält." (Paul Jaeger)

Dieser Satz hat bei mir ins Schwarze getroffen. Vor lauter Arbeit habe ich vergessen, was für ein Mensch ich werden will. Gott hat es offensichtlich nicht vergessen und – Gott sei Dank – spricht er dann eben doch manchmal auch mit mir. Auf seine Weise.

Hör auf die Stimme

Wenn man plötzlich eine Stimme in sich hört, dann gibt es zwei Möglichkeiten: Entweder man muss dringend zum Arzt oder man hört gerade Radio. Ich denke im Augenblick viel über einen Song nach: „Stimme".

„Hör auf die Stimme! Hör, was sie sagt! Sie war immer da. Komm, hör auf ihren Rat!", das ist die Textzeile, die ich als Ohrwurm in meinem Kopf hab.

Was wäre, wenn es das wirklich gibt – eine Stimme in uns drin, die seit unserer Kindheit da ist und die helfen kann, wenn man mit dem Verstand nicht mehr weiterweiß? Das wäre schon ein Hammer! Und ich glaube, dass es sie gibt, diese Stimme. Nur nicht als „Stimme" in dem Sinn, dass sie Töne von sich gibt. Eher als ein Gefühl, das einen in eine Richtung zieht.

Für mich steckt Gott in dieser Stimme. Und wenn was im Leben falsch läuft, meldet sich die Stimme. Das kann man natürlich ignorieren, aber es ergibt wenig Sinn. Wenn Gott wirklich will, dass es mir gut geht, dann rät er mir auch keinen Bullshit. Dann ist es so wie im Song auch: „Hör auf die Stimme! Sie macht dich stark. Sie will, dass du's schaffst, also hör, was sie dir sagt."

Beten

Ich bete. Jeden Tag. Das Beten ist für mich der feste Boden unter meinen Füßen. Ich bete, aber ich wünsch mir nichts von Gott. In meinen Augen ist Gott kein Snackautomat, in den ich den passenden Betrag einwerfe und dann erfüllt er mir das, was ich mir im Gebet gewünscht habe. Ich glaube, Gott braucht mein Gebet gar nicht. Sondern ich brauche es – weil sich dabei etwas in mir verändert.

Ein altes Sprichwort lautet: „Das beste Gebet ist das, was am meisten Liebe enthält." Und ich finde, das ist ganz schön schwer. Warst du schon mal stinksauer und hast gleichzeitig versucht, mit ganz viel Liebe zu beten? Wenn ich mich gerade über einen Menschen wahnsinnig ärgere, muss ich viel beten, bis ich genug Liebe getankt hab, um wieder halbwegs durchatmen zu können. Und das schaffe ich nur, wenn ich meine Reflexe unterbreche. Die Logik ist ja: „Du machst mich wütend, darum bekämpf ich dich." Wenn ich aber nicht kämpfe, sondern bete, mach ich genau das Gegenteil.

Das heißt: Ich hab mir angewöhnt, immer dann für jemanden zu beten, wenn er es aus meiner Sicht eigentlich am wenigsten verdient hat. Das ist mega anstrengend, aber genau das ist die Liebe, die das Beten und das Leben so wertvoll macht. Und Liebe, wenn wir sie am wenigsten verdient haben, brauchen wir wahrscheinlich alle.

„Thomas allein zu Haus“

Seit dem Frühjahr 2016 hab ich einen neuen Job: Ich organisiere Auszeiten für Leute, die als Kranken- oder Altenpfleger arbeiten, und die Veranstaltungen finden in einem Kloster statt. Auf dem Klostergelände gibt es ein riesiges Gästehaus, und dort übernachte ich immer. Letzte Woche war es zum Beispiel so, dass ich das ganze Haus für mich alleine hatte. Das war ein absolut eigenartiges Gefühl. Aber es hat nicht lange gedauert und dann fand ich es richtig gut. Es war das gleiche Gefühl, das ich als Kind hatte, wenn ich den Film „Kevin allein zu Haus“ gesehen hab. Und heute bin ich plötzlich selbst mittendrin: nicht „Kevin allein zu Haus“, sondern „Thomas allein im Kloster“. Aber anders als im Film ist bei mir gar nichts Schlimmes passiert. Der einzige Einbrecher war die Stille. Und diese Stille habe ich genossen! Kein einziges Geräusch – nur das Ticken einer Uhr und mein Atem.

Einer der Propheten aus der Bibel beschreibt, wie er Gott in einem „leisen Säuseln“ hört. In dieser Nacht alleine im Kloster hat sich diese abgefahrene Stille genau wie das „leise Säuseln“ aus der Bibel angefühlt; fast so, als ob die Stille sprechen könnte.

Vielleicht ist es oft einfach zu laut und man kann Gott nicht hören. Nach dieser Nacht glaube ich: Wenn Gott spricht, dann sehr, sehr leise.

Danke

Wer geht zum Arzt, wenn er kerngesund ist? Wahrscheinlich niemand. Oder bist du schon einmal zum Arzt gegangen, nur um dich dafür zu bedanken, dass dir gerade nichts fehlt?

Wenn ich gesund bin und es mir gut geht, denke ich nicht an meinen Arzt. Und auch nicht an Gott. Ist das schlecht? Weiß ich nicht. So ist es eben. Wenn ich krank werde, fällt mir mein Arzt wieder ein. Und wenn es mir richtig schlecht geht, denke ich auch wieder an Gott – dann bete ich und dann fluche ich oft auch ziemlich saftig. Wenn es mir dann wieder gut geht, verschwindet auch Gott wieder aus meinen Gedanken. Ist gar keine Absicht. Ich vergesse ihn dann einfach.

Ich selbst mag Menschen nicht, die mich vergessen, wenn es ihnen gut geht, und sich nur in schlechten Zeiten mit ihren Problemen bei mir melden. Ob es Gott mit mir manchmal ähnlich geht? Ich könnte ihn verstehen. Darum bin ich froh, dass Gott größer ist als ich und ein Herz hat, das so groß ist wie das Universum. Für seine Geduld und dafür, dass es mir heute gut geht.

Und bevor ich es wieder vergesse: Danke!

Es interessiert mich nicht

Es interessiert mich nicht.

Der Typ mit den Flyern auf der Straße, der 100. Newsletter in meinem Postfach oder wer gerade ein Herzchen auf seiner Pinnwand gepostet hat: Es interessiert mich nicht!

In Kanada lebt eine Frau, der es genauso geht. Ihre Gedanken beschreibt sie mit folgenden Worten:

Es interessiert mich nicht, wie du dein Geld verdienst.
Ich will wissen, wofür du brennst und ob du es wagst, davon zu träumen, der Sehnsucht in deinem Herzen zu begegnen.
Es interessiert mich nicht, wie alt du bist.
Ich will wissen, ob du dich traust, wie ein Narr dazustehen; für die Liebe, für deine Träume, für das Abenteuer, lebendig zu sein.
[…]
Ich will wissen, ob du Schmerz ertragen kannst, meinen oder deinen eigenen, ohne zu versuchen, ihn zu verstecken, zu schmälern oder einzuordnen.
[…]
Es interessiert mich nicht, ob die Geschichte, die du mir erzählst, wahr ist.
Ich will nur wissen, ob du einen anderen enttäuschen kannst, um dir selber treu zu sein.
[…]
Es interessiert mich nicht, wer du bist oder was dich hierhergeführt hat.
Ich will wissen, ob du mit mir in der Mitte des Feuers stehst.

Ich glaube, das ist es, was auch Gott an uns interessiert.

DU BIST
WERTVOLL
Gruß Jesu

#JESUSKNOWSBEST

Mir persönlich ist Jesus sehr wichtig. Mir ist Jesus wichtig, weil er voll und ganz Gott und gleichzeitig Mensch gewesen ist. Das bedeutet, dass Gott nicht irgendwo durchs Universum saust, sondern ganz konkret hier auf dieser Welt gelebt hat. Das bedeutet, dass er hier geliebt hat, dass er hier gelitten hat und dass er hier gestorben ist. Jesus hat das erlebt, was ich heute erlebe. Und weil Jesus das Leben prickelnder fand als den Tod, hat er sein Grab gesprengt. Wenn ich an Jesus denke, bin ich erleichtert, weil ich mein Leben als Mensch leben kann, ohne Angst haben zu müssen, nicht gut genug zu sein. Und wenn ich eines Tages sterbe, dann freue ich mich auf die Ewigkeit, die ich mit Gott und mit Jesus und mit all den Menschen, die ich liebe und die vor mir gestorben sind, rocken kann.

Der Herr ist da

Seit dem Frühjahr 2016 hab ich einen neuen Job: Ich organisiere Auszeiten für Leute, die als Kranken- oder Altenpfleger arbeiten, und diese Veranstaltungen finden in einem Kloster statt. In diesem Kloster wohnen 170 Nonnen. Jede Woche erlebe ich die verrücktesten Dinge. Gestern z.B. habe ich mich mit einer der Ordensschwestern getroffen, weil wir zusammen die neue Homepage für das Kloster geplant haben. Ich wusste noch nicht, wo ihr Büro ist, und habe an der großen Eingangspforte geklingelt. Eine Nonne bzw. eine Ordensschwester öffnete die Tür und brachte mich zum Treffpunkt. Unterwegs nahm sie ein Telefon zur Hand und rief bei ihrer Mitschwester an, um ihr zu sagen, dass ich da bin. Sie wählte die Nummer und rief ganz fröhlich in den Hörer: „Schwester, der Herr ist da!“

In diesem Augenblick musste ich so lachen! Für jeden Christ ist Jesus nämlich „der Herr“, und jeder Christ auf dieser Welt wartet seit der Auferstehung darauf, dass Jesus, also der Herr, wiederkommt. Als die Schwester an der Pforte merkt, was sie da gerade gerufen hat, muss sie genauso lachen wie ich. Sie meinte: „Wissen Sie, ich hatte Ihren Namen vergessen – drum hab ich bloß ‚der Herr‘ gesagt.“

Ich hatte den ganzen Tag über ein dickes Lächeln im Gesicht. Und ich hab gemerkt, dass ich ihn vermisse – Jesus, meinen Herrn.

Was würde Jesus tun?

So eine ends-langweilige Frage: „Was würde Jesus tun?"

Ich weiß nicht, von wie vielen Pfarrern ich diese Frage schon gehört habe, und jedes Mal bin ich dabei fast eingeschlafen. Immer kommt dann: Jesus hat alle lieb, Jesus verzeiht alles und Jesus würde nie herumschreien.

Das hab ich so lange geglaubt, bis ich eine Geschichte gehört habe, in der Jesus richtig deftig auszuckt.

Weil er ständig herumreist, lebt und betet er auch immer woanders. Und weil er schon lange nicht mehr in Jerusalem war, bekommt er den Schock seines Lebens, als er sieht, dass in seinem liebsten Gotteshaus plötzlich keine betenden Menschen mehr sitzen, sondern alles voller Geschäfte und Fressbuden ist. Da packt es ihn: Nach dem ersten Schock wird er so sauer und haut alles so kurz und klein, dass sogar noch Deichkind was von Jesus lernen könnte. Und dabei schreit er: „Ihr habt aus dem Haus Gottes eine [verdammte] Räuberhöhle gemacht!"

Seitdem weiß ich, dass Jesus nicht nur lieb ist. Aber seitdem ist er mir auch viel sympathischer; weil Liebe eben auch bedeutet, dass ich für das kämpfe, was mir wichtig ist.

Der Wichtigste

„Du bist der wichtigste Mensch in deinem Leben. Warum? Weil du unter Garantie derjenige bist, der bis zum Schluss bei dir bleibt.“ – Dieser Satz stammt von einem Erfolgscoach aus der Schweiz. Er will mit diesem Satz Mut machen, gut für sich selbst zu sorgen, weil jeder eine lebenslange Beziehung mit sich selbst hat. Ich unterschreibe das sofort.

Aber: „Wer hat's erfunden?“ Nicht die Schweizer. Ein Jude hat's erfunden. Lange vor der Erfindung des Copyrights hat Jesus schon gesagt: „Liebe deinen Nächsten wie dich selbst.“ Damit es anderen gut gehen kann, muss ich bei mir selbst anfangen.

Gelegenheit dazu gibt es ohne Ende: Rund um die Uhr, 24 Stunden am Tag bin ich mit mir zusammen und dabei geh ich mir oft genug selbst auf die Nerven. Dass dann ein Erfolgscoach in der Schweiz sitzt, nützt mir wenig. Aber ich vertraue auf die Unterstützung von Jesus. Immerhin hat er selbst gesagt: „Ich bin bei euch alle Tage bis zum Ende der Welt.“ Und ich nehme ihn beim Wort.

Mimimi

„Mitbürger mit Migrationshintergrund" – das ist die schlichte Bezeichnung für alle, die keine „Bio-Deutschen" sind. Samy Deluxe hat zusammen mit Afrob, Ecko Fresh und MoTrip einen Song daraus gemacht: „Mimimi" – die Abkürzung für „Mitbürger mit Migrationshintergrund".

Ich sehe aus wie ein klassischer Bio-Deutscher, und wenn mich jemand fragt, woher ich komme, sag ich einfach Stuttgart und fertig. Aber alle meine Freunde, mit denen ich früher im Verein gekickt habe und die eine andere Hautfarbe hatten, konnten nicht einfach „Stuttgart" oder „Ludwigsburg" oder „Heilbronn" als Antwort sagen. Immer kam dann die Rückfrage: Ja, aber woher kommst du wirklich? Dabei sind alle hier geboren.

Ich weiß nicht mehr, wann es war, aber irgendwann habe ich gecheckt, dass Jesus früher in Israel und Palästina sein Zuhause hatte. Wenn ich aber heute Bilder von Jesus sehe, sieht er aus wie ein veganer Öko-Hipster mit langen Haaren aus Berlin. Da stimmt doch was nicht. Niemand, der vor 2000 Jahren im Nahen Osten gelebt hat, sieht aus wie ein europäischer Spät-Hippie!

Da ist mir klargeworden: Jesus selbst hat Migrationshintergrund. Er ist ein Flüchtling. Und der Gott, an den ich glaube, sagt zu so einem: „Du bist mein Sohn und du bist mir heilig!" Das ändert einiges ...

Alle Jahre wieder

Am Wochenende habe ich den letzten Schokohasen gemampft.

Dabei habe ich an Ostern zurückgedacht und das Erste, was mir dazu eingefallen ist, war das viele Essen: Kuchen, Essen, Kuchen, Essen und Kuchen.

Dass der Grund für Ostern nicht Kuchen und Essen, sondern der Tod und die Auferstehung von Jesus sind – das hat mich im ersten Moment nicht einmal so sehr beschäftigt. Sondern ich habe mich gefragt: Warum jedes Jahr wieder aufs Neue Ostern?

Während ich dem Schokohasen das Ohr abgenagt habe, habe ich an die Schokoeiersuche mit meinem Bruder früher im Garten gedacht. Heute machen mein Bruder und ich das nicht mehr. Warum eigentlich?

Ich glaube, weil wir uns verändert haben. Mit jedem Ostern, mit jedem Jahr. 27-mal habe ich Ostern bisher erlebt. Mit jedem Mal habe ich mich verändert. Jedes Jahr ist in mir etwas gestorben, und jedes Jahr ist in mir etwas auferstanden. Jedes Mal bin ich ein neuer Mensch geworden. Nicht immer ein besserer. Aber jedes Jahr bekomme ich eine Chance für einen Neuanfang. Dann kann ich meine Sorgen und Fehler am Kreuz mit Jesus sterben lassen und frei in den Frühling starten. Zum Glück habe ich die Gelegenheit zu so einem Neuanfang nicht nur einmal, sondern jedes Jahr. (04-2012)

AM ENDE?

Jeden Tag sind wir am Ende. Spätestens beim Einschlafen. Und beim Aufwachen geht es weiter. Jeden einzelnen Tag wache ich morgens wieder auf. Jeden einzelnen Frühling wacht die Natur wieder auf und ja, ich glaube auch deshalb daran: Nachdem ich das letzte Mal eingeschlafen sein werde, wird es das ultimative Erwachen geben …

Angst vorm Tod

„Ich hab furchtbare Angst vor dem Tod. Ich hoffe, ich bin dort nicht allein."

Kennst du das? Die Angst vor dem Tod definitiv. Aber kennst du auch den Moment, wenn dich ein Lied voll erwischt? Du hörst es, und es fühlt sich an, als würde das Lied exakt von dir und deinen innersten Gefühlen handeln?

Mich hat gestern so ein Lied erwischt. Es ist von Philipp Poisel und das, was mich so fasziniert hat, war, dass es in dem Lied zwar um die Angst vor dem Tod geht, aber dass es eigentlich eine Liebeserklärung an das Leben ist. Er sagt: „Ich hab zwar kein Vermögen, doch ein paar Leute, die mich mögen, und außerdem ist da ein Mädchen, das mich liebt, ich weiß nicht, ob es auf der Welt was Besseres gibt."

Ich finde, dass es nichts Schöneres gibt, als wenn mich jemand von ganzem Herzen liebt.

Durch tiefe Liebe wird auch die Beziehung zum Tod anders. Der Tod wird mir garantiert das Leben nehmen, aber er kann mir meine Liebe nicht nehmen oder verringern. Das ist meine Hoffnung und die hellt das Dunkle auf. Diese Hoffnung ist mir mit der Melodie des Liedes in die Seele geflossen und am Schluss hab ich dann mitgesungen: „Egal was danach kommt, wohin wir auch gehen, wünsch ich nichts mehr, als dich dort wieder zu sehen."

Darum wünsche ich jedem einen Menschen, der ihn durch den Tod hindurch liebt.

Auferstehung vor der Nase

An Ostern hat mich ein Freund gefragt: „Glaubst du an ein Leben nach dem Tod?“ Das kann man schon einmal fragen und ist ja auch ziemlich eindeutig: Ja oder nein. Ja, ich glaube daran. Geantwortet habe ich ihm allerdings etwas anderes.

Ich habe ihn gefragt: „Glaubst du an ein Leben nach dem Winter?“

Im Augenblick bin ich oft draußen und sehe überall Blumen und frisches Grün. Überall wachsen Pflanzen, die im Winter noch scheinbar tot im Boden geschlummert haben; überall fängt das Leben neu an. Bitte versteh mich richtig: Ich finde, dass das Leben und der Tod wesentlich komplexer sind als eine Tulpenzwiebel im Frühling. Aber ich kenne selbst auch Momente, in denen wirkt der Glaube daran, dass auf jeden Menschen nach dem Tod tatsächlich ein neues Leben wartet, ziemlich abgedreht. Und falls du diesen fiesen kleinen Zweifel auch kennst, dann würde ich dich am liebsten liebevoll nach draußen schubsen. Im Frühling findet Auferstehung direkt vor der eigenen Nase statt – jedes Jahr, tausendfach und zum Anfassen. Für mich ist das die beste Zeit, um anzufangen, an ein Leben zu glauben, das nie endet.

Alles hat seine Zeit

Alles hat seine Zeit.

Das klingt wahrscheinlich nach einem typischen Ratschlag deiner Oma. Und du hast recht: So super innovativ ist der Gedanke nicht. Frühstück, Mittagessen, Abendessen; alles hat seine Zeit. Laaangweilig!

Langweilig, aber auch wahr. Und das auf eine Art und Weise, die manchmal unglaublich schön und manchmal abgrundtief traurig sein kann, denn zwischen Frühstück, Mittag- und Abendessen passiert eine Menge, die unser ganzes Leben prägt. Vreni Merz scheint das auch so gegangen zu sein. Sie hat in der Schweiz gelebt, und von ihr stammt folgendes Gedicht:

Es gibt für alles eine Zeit

Die Zeit zum Tanzen
und die Zeit zum Klagen,
zum Lachen eine Zeit
und eine für den Schmerz.

Und keine Stunde
wartet vor der Tür.

Und niemand fragt,
ob du gerüstet bist
zum Abschiednehmen.

Ohne anzuklopfen,
kommt die Zeit.

Vreni Merz ist im Oktober 2011 gestorben.

Alles hat seine Zeit: Der Tod und auch meine Hoffnung haben ihre Zeit; meine Hoffnung, dass nach dem Tod das Leben weitergeht.

Der erste Tag

Ich war 16 und in den Ferien bei einer Freizeit mit dabei. Gleich am Anfang wollten die Betreuer, dass wir sagen, welches Motto wir unserem Leben geben würden. Ich weiß gar nicht mehr, was ich selbst gesagt habe. Ich erinnere mich nur noch an den Satz, den ein Mädchen gesagt hat. Sie sagte als Lebensmotto: „Lebe jeden Tag, als wäre es dein letzter."

Uff – die Stimmung war danach ziemlich gedrückt. „Alter, ich bin 16 und hab mein ganzes Leben noch vor mir! Was heißt da, ‚als wäre es dein letzter Tag'?" Ich glaube, das haben in dem Moment so ziemlich alle gedacht, die dabei waren. Wahrscheinlich würde man dem Mädchen heute gleich einen „Emo"-Stempel verpassen. Aber der Satz ist ja eigentlich gut. Wir alle sterben irgendwann, und darum ist das Leben zu wertvoll, um einfach so vor sich hinzuleben. Trotzdem wirkt der Satz eigenartig düster.

Ich habe viel darüber nachgedacht. Jahre später ist mir die Lösung gekommen: Durch Zufall habe ich diesen Satz auf einem Plakat entdeckt. Aber dieses Mal klang er hell, freundlich, neugierig und lebensfroh und ich wusste, jetzt passt er:

„Lebe jeden Tag, als wäre es dein erster."

Haus meines Vaters

Ich bin auf etwas gestoßen, was Samy Deluxe und ich gemeinsam haben: Unsere Väter sind bereits gestorben.

Allerdings hatte ich das Glück, dass ich meinen Vater meine ganze Kindheit über kennen und lieben durfte. Bei Samy Deluxe war das anders: Mit fünf Jahren hat er ihn einmal kurz in Deutschland gesehen und mit 14 hat er drei Wochen in der Heimat seines Vaters verbracht – im Sudan. Danach Funkstille.

Seinen Vater hat er nicht gern gehabt. Aber der Tod hat das verändert. Durch den Tod hat Samy Deluxe mit seinem Vater Frieden schließen können. Ich denke, er hat damit etwas geschafft, was nur wenige hinbekommen: Er trägt seinem Vater die Fehler nicht nach, die er definitiv gemacht hat. Stattdessen ist er dankbar – dafür, dass er das nackte Leben von seinem Vater geschenkt bekommen hat. Dafür, dass er einen Halbbruder hat. Dafür, dass er der geworden ist, der er heute ist.

Ich ziehe meinen Hut davor, dass Samy seinem Vater nicht die Hölle wünscht, sondern eine gute Reise in den Himmel. So sagt er das auch in einem Lied, das er über seinen Vater geschrieben hat.

Allen, die einen wichtigen Menschen verloren haben, wünsche ich, dass sie es auch schaffen, irgendwann zu verzeihen. Und denen, die gestorben sind, wünsche ich eine gute Reise in den Himmel.

YOLO

YOLO – Jeder hat es schon tausendmal gehört, aber keiner weiß, was es eigentlich bedeutet.

Ich glaube, YOLO hat sich so ausgebreitet, weil egal ist, ob es nun eine Beleidigung ist oder Gleichgültigkeit bedeutet. In diesem Wort hat sich eine tiefe Sehnsucht versteckt. „You Only Live Once“ – „Du lebst nur einmal“, heißt es.

Ich lebe nur einmal – klar. Das heißt, ich hab nur dieses eine Leben, um alles zu erleben, was ich will. Das ist wenig Zeit im Vergleich zu der langen Liste, auf der steht, was ich alles erleben will. Nach dem Tod geht da nichts mehr. Danach ist es vorbei. Das bedeutet Stress, wenn ich aus Angst, etwas zu verpassen, dauernd versuche, alles mitzunehmen, was geht.

Ich kenne diesen Stress. Und die Angst. Beides mag ich nicht. Darum denke ich mir: Wenn ich nur einmal lebe, dann ist auch wirklich alles kostbar. Und darum genieße ich, was ich erlebe. Sicher nicht, dass ich heute Morgen früh rausmusste. Aber ich genieße jeden Kuss, sogar jeden Streit und vor allem jeden meiner kleinen oder großen Erfolge. (01-2014)

Sinn des Lebens

Wie oft versumpfe ich auf YouTube!

Zwischen Filmtrailern und Katzenvideos ist in der vergangenen Woche plötzlich ein Video aufgetaucht, das den Titel „Freisprecher – Sinn des Lebens“ hat. Komischer Name. Und eine stramme Ansage. Sinn des Lebens und das Ganze auch noch in drei Minuten. Die ersten Antworten in dem Video waren ganz nett: „Freunde“, „Familie“ – das waren die häufigsten Antworten auf die Frage nach dem Lebenssinn. Eine Frau hat aber etwas anderes gesagt. Sie sagt, sie hätte ihren Lebenssinn durch ihre Drogensucht und den Krebs gefunden. Sie meinte, dass sie dadurch ihre Liebe zu Menschen entdeckt hätte. Heute arbeitet sie mit Volldampf für andere, die gerade selbst in der Sucht stecken.

Das hat sich in meinem Kopf festgesetzt.

Ich hasse es, zu leiden. Und jetzt sagt da eine Frau, ihr Leid hat dazu geführt, dass sie das Leben versteht und liebt?

Ich glaube, ich kann das noch nicht, aber ich wünsche mir sehr, dass ich das irgendwann schaffe. Verrückt, dass die Liebe zum Leben manchmal im Schmerz beginnt ...

Am Ende

In Syrien, Irak und Nigeria ermorden Menschen die Bewohner von ganzen Städten und sagen, dass das Gottes Wille sei. Ich stelle mir Gott und seinen Willen anders vor. Aber Gott selbst bleibt stumm. Ich weiß nicht, warum er sich nicht wehrt und eingreift. Ich glaube, darauf gibt es keine Antwort.

Nur das eine weiß ich: Der Gott, an den ich als Christ glaube, ist den erbärmlichsten Tod gestorben, den es gibt: gefoltert und an einem Kreuz ermordet. Der Gott, an den ich glaube, lebt in jedem Menschen und er stirbt mit jedem Menschen, der ermordet wird. Darum bete ich für jede Frau, jeden Mann und jedes Kind, das getötet wird. Ich bete dafür, dass der Tod für sie nicht das grausame Ende bleibt, sondern dass sie auferstehen und ihre Seele Frieden findet.

Ich weiß nicht, ob das zu wenig ist. Ich will wenigstens selbst nicht stumm bleiben. Und vielleicht ist es ein Anfang, wenn ich für Frieden bete und dafür einstehe.

Zweiter Blick

Meine Freundin ist gerade für ein halbes Jahr in Kairo. Sie fehlt mir. Vor Kurzem habe ich sie besucht. Am Flughafen stand sie dann wieder vor mir: wunderschön und mit strahlenden Augen. Voller Stolz hat sie mir Ägypten gezeigt.

Zuerst fand ich dieses Land nur laut und chaotisch. Doch sie hat mir gezeigt, wie schön es sein kann, wenn man zweimal hinschaut. Zum Beispiel habe ich viel Kreativität in all dem Chaos entdecken können. Nach kurzer Zeit hat mich Ägypten fast so fasziniert wie meine Freundin. Das ist eine wundervolle Erfahrung gewesen und als ich wieder zu Hause war, habe ich viel darüber nachgedacht.

Im Augenblick stelle ich mir Gott so vor wie meine Freundin: wunderschön und mit strahlenden Augen.

Eines Tages werde ich am Ende meines Lebens stehen und ins Jenseits blicken; sicher auch mit Angst. Dann hoffe und glaube ich, dass Gott mich durch das, was danach kommt, genauso liebevoll begleitet, wie mich meine Freundin damals durch Ägypten. Wer weiß, vielleicht ist Gott nicht ganz so hübsch wie sie, aber ich glaube, er erwartet mich auch mit großen strahlenden Augen. Und auf den zweiten Blick warten nach dem Tod vielleicht noch fantastischere Entdeckungen.

Leiser Start

Gott ist ein Schlawiner. Er hält sich nämlich nicht an den Kalender. Ich hab immer gedacht, nach Silvester wäre das Jahr zu Ende.

Dabei beginnt für Gott das neue Jahr schon Anfang Dezember. Genau genommen am 1. Advent. Ich finde, da hat Gott schon ein verrücktes Timing. Wie soll irgendjemand mitten im Vorweihnachtsstress mitbekommen, dass Gott gerade neu angefangen hat? Und was bringt es ihm, den Neustart einen Monat vorzuverlegen? Was würde es mir bringen, den Neustart vorzuverlegen? Das Jahr endet trotzdem an Silvester, auch wenn Gott schon früher neu startet. Ich glaube aber, das Signal ist: Das, was neu beginnt, steckt immer schon in dem drin, was zu Ende geht. Ende und Anfang berühren sich. Etwas Neues ist oft schon da, auch wenn das Alte noch nicht zu Ende ist. Und wenn irgendwann auch in meinem Ende schon ein Neuanfang drinsteckt, dann hat's Gott echt drauf.

Fertig

Ich bin fertig: Lernen ohne Ende, hunderttausend Adventsfeiern und ich hab nicht mal ansatzweise alle Geschenke zusammen – keine Ahnung, wie ich das bis Weihnachten schaffen soll.

Bis Weihnachten – da wollte ich mir eigentlich jeden Tag Zeit für einen ruhigen Moment nehmen; aber das Einzige, was ich schaffe, ist, dass ich mir morgens die Schokolade aus dem Adventskalender in den Mund stopfe.

Irgendwie rasen die vier Wochen vor Weihnachten immer brutal schnell an mir vorbei; so als würde ich die Bremse nicht finden.

Aber jedes Jahr passiert auch etwas Einzigartiges. Am 24. Dezember sitze ich mit meinem Bruder und meiner Mutter am Tisch. Wir essen das, was es immer an Weihnachten gibt. Und meine Mutter lässt nicht locker, bis mein Bruder und ich mit ihr Weihnachtslieder singen. Wir machen mit: mit lustlosem Gesicht, aber schon auch irgendwie gern. Und dann brennen am Weihnachtsbaum die Kerzen und ich lese – wie jedes Jahr – die Geschichte von einem kleinen Kind. Dann bin ich selbst wieder ein Kind. Und dann staune ich und sehe in den Augen meines Bruders und meiner Mutter Wärme. Und diese Wärme fließt durch mich durch; durch meinen Körper, durch mein Herz und durch meine Seele. Und in diesem einen Moment – vielleicht nur ein einziges Mal im ganzen Jahr – spüre ich: Ich bin fertig. Ich bin ganz.

Zu viert

In meiner Familie waren wir früher zu viert, heute sind wir noch zu dritt: meine Mutter, mein Bruder und ich. Mein Vater ist vor mehr als zehn Jahren gestorben. Ich finde es schwer, meine Erinnerung an ihn lebendig zu halten. Es ist so, als würde eine zehn Jahre alte und genauso hohe Schneedecke über meinen Erinnerungen liegen.

Darum gehe ich immer wieder auf den Friedhof. Dort fahre ich mit meiner Handfläche über den rauen Grabstein. Dabei spüre ich, wie die Erinnerungen an meinen Vater wieder lebendig werden. Danach schaue ich den Grabstein einfach nur an. Neben dem Namen meines Vaters sehe ich ein Kreuz. Ich freue mich jedes Mal, wenn ich dieses Kreuz sehe. Einer der Kreuzbalken zeigt nach oben in den Himmel. Ich glaube, mein Vater schwebt nicht irgendwo zwischen den Wolken. Ich glaube, er ist im Himmel, und für mich heißt das: Er ist bei Gott.

Wenn ich eines Tages sterbe, dann glaube ich daran, dass mein Weg auch nach oben führt und dass mein Vater und ich uns wiedersehen. Und irgendwann sind wir sogar wieder zu viert. (02-2014)

Es funkt
Ein Nachwort von Michael N. Ebertz

Es ist nicht einfach, eine Botschaft auf den Punkt zu bringen. Viele Leute – auch Kirchenleute – können in diesem Sinne nicht ‚punkten'. Thomas Knöller ist eine der ganz seltenen Ausnahmen. Er ist ein Meister der kleinen Form und trifft mit jedem seiner Texte einen Punkt im Leben des Lesers oder der Leserin. Er scheint sich dabei an einen anderen Meister zu halten. Der wurde einmal gebeten: „Sprich nur ein Wort, so wird meine Seele gesund."

Thomas Knöller punktet mit seinen Texten, weil von ihnen ein Funke überspringt. Das liegt nicht allein daran, dass sie ursprünglich für den Hörfunk entstanden sind. Denn es funkt auch, wenn man sie liest oder vorliest. Es funkt für die Augen und die Ohren. Und es funkt schon, wenn man willkürlich nur einen seiner hier ausgewählten Texte herausgreift. Es funkt, und man will als Leser oder Leserin eigentlich keinen Punkt machen, sondern weiterlesen, damit es weiterfunkt. Mir ging es jedenfalls so.

Und natürlich habe ich meine Lieblingstexte gefunden. Wenn ich sie lese, funkt es nicht nur, sondern es blitzt. Wie bei einem Gewitter wird es für einen Moment hell. Dann sehe ich kurz etwas, was vorher im Dunkeln lag. Aber ich sehe nicht alles. Das meiste ist schemenhaft, bleibt rätselhaft, geheimnisvoll. Lese ich die vorliegenden Texte, will ich weiterrätseln, allein oder mit anderen. Anders als beim Gewitter kommt allerdings keine Furcht auf, sondern Faszination. Thomas Knöller ist ein Knipser, der Alltagsfotos macht, das Leben belichtet und beleuchtet und Kommunikation entzündet. Er steckt mit seinen Texten zum Rätseln über Alltägliches und dazu an, die Grenzen des Alltags lesend und hörend zu überschreiten. Mir ging es tatsächlich so.

Seine Texte animieren, ja zwingen die Lesenden und Hörenden, ihre Transzendenz-Antennen auszufahren. Dabei öffnet sich ihr Herz. Auch Gott kommt ins Spiel, der sich in Jesus spiegelt. Das können auch Juden und Jüdinnen, Muslime und Musliminnen glauben. Christen und Christinnen gehen ja davon aus, dass noch vieles an Gott offenbleibt – trotz aller göttlichen Offenbarung. Das Gottesrätsel ist nicht gelöst, abgeschlossen, in einem Buch eingeschlossen. Wenn der Allergrößte in Jesus von Nazareth zum Allerletzten der Gesellschaft wurde, aus der er letztlich durch seine Hinrichtung an einem Kreuz ausgeschlossen wurde, dann hat sich Gott auch zu einem Rätsel gemacht – manche Theologen sagen lieber: ‚Geheimnis'. Jedenfalls ist der Gott der Christen und Christinnen auch ein „Gott der Zumutungen"[1]. Er ruft selbst zur Reflexion auf, indem er in seiner Selbstoffenbarung auch Rätsel aufgibt. Die vollkommene Gotteserkenntnis steht noch aus. „Jetzt sehen wir", so der Apostel Paulus, „in einen Spiegel und sehen nur rätselhafte Umrisse, [...] jetzt erkenne ich unvollkommen" (1 Kor 13,12). „Neidlos setzt sich Gott", so Gottfried Bachl, „dem Findeprozess aus und mutet sich der entdeckerischen Kraft der Geschöpfe zu." Der Schöpfer „will das Ergebnis nicht über sie hinweg erreichen, sondern durch sie, durch ihre innerste Kraft hindurch." Er „wirft sich in die Rätselgestalt und wird im Herzen des Menschen geboren, der sucht und findet."[2] Christen und Christinnen ist damit auch ein ‚Kreuzworträtsel' aufgegeben. Sie dürfen ihre großen und kleinen Transzendenz-Antennen ausfahren, ihre Herzen öffnen und weiterrätseln. Das klappt, wenn man es nur ausprobiert.

Thomas Knöller nimmt mit seinen Texten an diesem Kreuzworträtsel teil, auch mit seiner theologischen

1 Gottfried Bachl, Wir leben mit einem Gott der Zumutungen. Sexauer Gemeindepreis für Theologie, Heft 13, Sexau 1997.
2 Bachl, Gott, 13.

Kompetenz, die er nicht auf die Vorderbühne trägt. Dort lässt er oft Figuren und Texte der (jugendlichen) Popkultur aufmarschieren und entdeckt an ihnen Köstlich-Göttliches. Theologische und Gegenwartskompetenz funken einander zu. Dann funkt es so, dass es funkelt. Die vorliegenden Texte erinnern an die Spiegel, von denen Paulus spricht. Anders als unsere heutigen Badezimmerspiegel waren das aus möglichst glänzenden Bruchstücken zusammengesetzte Collagen. Thomas Knöllers Glanzstücke spiegeln Menschliches wider, Göttliches und Göttliches im Menschlichen wie Menschliches im Göttlichen. Es sind spirituelle Texte mit Esprit. Nach dem beruflich bedingten Umzug seiner Freundin schreibt der Autor („Fernbeziehung"): „Aber ich glaube, auch Gott ist nicht weg, sondern einfach nur woanders. Und weil er es gerne spannend mag, verrät er auch nicht, wo genau. Manche sagen, er versteckt sich überall dort, wo Liebe ist. Vielleicht entdecke ich ihn ja darum immer wieder in meiner Beziehung. Ich glaube, eines Tages kommt Gott wieder und dann wird auch er endlich bleiben – für immer." Die vorliegenden Texte inspirieren mich.

Sie erschließen religiöse Traditionen neu, konsequent ausgehend von Erfahrungsräumen der Gegenwart. Sie machen beide füreinander anschlussfähig. Sie funken die Einladung, sich an dem größten Kreuzworträtsel des Lebens zu beteiligen – nicht nur mit Freude, sondern auch mit Spaß. Die Teilnahme am Kreuzworträtsel – allein oder dort, wo zwei oder drei zusammen sind – wird dann zum Seelenfutter.